# 안녕
# 하세요
## 你好1

黃慈嫺、李松熙 合著

## 透過《안녕하세요》奠定聽、說、讀、寫各方面的紮實基礎

　　本書的詞彙及文法以韓國語文能力測驗（TOPIK I）1級為範圍進行撰寫，課文中的會話圍繞各種實體生活情境，增加其實用性。習得韓文字母40音及收尾音後，進一步挑戰連音及各種音變規則，各課中第一次出現的發音規則皆加註詳細的發音說明，方便學習者快速掌握發音訣竅。

　　雖然TOPIK I考題不包含寫作，然而學習並練習寫出韓文字母、詞彙及句子，甚至短文，才能讓語言的學習更加完整，因此在學習完每課主要內容後，皆規劃了「小試身手」及「綜合練習」。其中「小試身手」為複習該課的學習成果，「綜合練習」則是包含模擬TOPIK I「聽力」及「閱讀」兩考科的習題，旨在讓學習者探測自我實力。此外，還有搭配各課主題的模擬情境會話問答，幫助學習者一步步建立並培養韓語的口說能力。

　　無論是因著興趣或者是欲具備多一種外語能力而開始接觸韓語，透過本書可同時在聽、說、讀、寫各方面奠定紮實基礎。

　　感謝瑞蘭國際出版的專業團隊協助本書的完成，感謝父母、弟弟總是在物質、心理兩面給予我完全的支持，願將一切愛、感謝與榮耀獻給親愛的聖三位和主！

2022.08

한국어를 배우고 있는 여러분, 안녕하세요!

저는 이 책의 저자 중 한 사람인 이송희입니다.

경험도 풍부하고 한국어에 능통하신 황자한 선생님과 같이 이 책 집필에 참여할 수 있는 기회가 저에게 주어져 정말 기쁩니다.

일 년 전, 저는 타오위안시 중리고등학교에서 한국어를 가르치게 되었습니다. 학생들을 가르치는 과정에서 많은 학생들이 자신이 배우고자 하는 학습에 자기만의 학습 습득 방법이 있다는 것을 느꼈습니다. 이는 저로 하여금 중고등학생의 연령에 맞고 아이들의 일상 생활과 경험에 부합하는 학습서를 쓰고 싶다는 생각을 들게 하였고 이렇게 책을 쓰게 되었습니다.

이 책 안의 단어, 문장, 문법은 같이 이 책을 쓰신 황 선생님과 머리를 맞대고 신중하게 써 내려 간 것입니다. 그리고 대만에서의 한국어 선생님 경험과 수업 시간에 아이들과의 피드백을 통해 얻게 된 아이디어를 중고생들에게 도움이 되게끔 최대한 이용해 봤습니다.

이 책이 중고생들뿐만 아니라 한국어를 배우는 모든 분들께 도움이 되기를 바랍니다. 그리고 여러분의 생활 속에서 나에게 맞는 나만의 학습 방법을 찾아 그 속에서 즐거움과 성취감을 누리시길 바랍니다.

李 松 熙
이 송 희

2022.08

# I 結構

　　本書為針對第二外語學習者設計編撰之韓語初級基礎教材，全書分 1、2 冊，每冊 6 課，共 12 課，學習內容相當於韓檢初級程度。第 1 冊的「預備篇」中，包含了 40 音介紹、發音及書寫練習，接著從第 1 課開始，每一課主要皆以「情境與對話」、「詞彙」及「文法」構成，緊接著的是「小試身手」與「綜合練習」，以及最後介紹韓國文化及旅遊資訊的「課堂活動」。

　　「附錄」則包含各課「小試身手」與「綜合練習」的參考答案，以及全書的「單字總整理」。此外，本書出現的課文、單字、例句皆可透過音檔 QR Code 隨時練習，強化聽力，便於學習者練習並加強口說能力。

# II 內容

### 1 情境與對話

　　各課以「情境與對話 1」及「情境與對話 2」呈現，劃分為兩個情境對話，內容貼近實際生活，有趣、實用、好學習。若能熟記這些對話內容，便可實際應用於各式各樣的場合中。

### 2 詞彙

　　本書整理出符合實際生活以及韓檢初級範圍中經常出現之詞彙，再依照主題，一一帶入每一課的「情境與對話 1」與「情境與對話 2」中，並彙整成「詞彙 1」和「詞彙 2」。此外，還有隨時出現的「新詞彙」，為學習者適時做補充。1、2 冊各約包含 500 個詞彙。

### 3 文法

　　各課配合「情境與對話」的主題，以淺顯易懂的方式，分別介紹 4 個文法，並說明其適用情境、對象及需留意的要點，而所編寫的例句亦能幫助學習者快速掌握學習重點。另外，依照文法特色陸續加入了「文法比一比」內容，讓初學者在學習過兩個

相似的文法後，能再次掌握並區分要點。

### 4 小試身手

　　學習各課主要內容後，便可利用「小試身手」再次加以熟悉各課詞彙及文法要點，亦能強化書寫能力。

### 5 綜合練習

　　此部分主要由「聽力與會話」、「情境會話練習」、「閱讀與寫作」組成，皆為韓檢的模擬試題，讓學習者在平日學習過程中便能對韓檢題型不感到陌生。其中「聽力與會話」可強化聽力，提升理解對話內容的能力；「情境會話練習」則是同步加強聽力及口說表達能力；「閱讀與寫作」可先利用範本進行中譯練習，再參照範例寫出一篇短文，如此一來在語言學習的初期就能奠定寫作的基礎能力。

### 6 課堂活動

　　「課堂活動」中包含認識韓國文化及了解旅遊資訊，讓韓語學習過程中，亦能對韓國文化有進一步認識。

## III 學習目標和成效

　　本書中出現的「情境與對話」、「詞彙」及各「文法」中的例句，皆可透過音檔隨時練習以強化聽力。而各課中的「情境與對話」與「情境會話練習」則可強化口說能力，並能實際運用於日常生活中。「小試身手」及「閱讀與寫作」，則有助於強化學習者的閱讀及書寫能力。綜上所述，使用本書學習能確實奠定韓語聽、說、讀、寫──語言學習的核心能力之基礎，並進一步挑戰韓國語能力測驗初級。

# 目次

| | 主題 | 詞彙 | |
|---|---|---|---|
| 預備篇 | **세종대왕과 훈민정음**<br>世宗大王與訓民正音<br>**한글과 받침**<br>韓文 40 音及收尾音<br>**한글의 구성**<br>韓文字的組成 | 韓文 40 音及收尾音相關詞彙 | |
| 第 1 課 | **안녕하세요 .**<br>你好。 | **국적**<br>國籍<br>**직업**<br>職業 | |
| 第 2 課 | **지금 뭐 해요 ?**<br>現在在做什麼呢？ | **동사 ( 동작동사 )**<br>動詞（動作動詞）<br>**장소 （1）**<br>場所（1） | |
| 第 3 課 | **이거는 무슨 케이크예요 ?**<br>這是什麼蛋糕呢？ | **한자 숫자 , 날짜와 요일**<br>漢字數字、日期和星期<br>**각종 수업과 학용품**<br>各種課程與學習用品 | |
| 第 4 課 | **여기가 어디예요 ?**<br>這裡是哪裡呢？ | **장소 （2） 와 위치**<br>場所（2）及位置<br>**아침식사 메뉴**<br>早餐菜單 | |
| 第 5 課 | **여기 뭐가 맛있어요 ?**<br>這裡什麼好吃呢？ | **형용사 ( 상태동사 ) 와 부사**<br>形容詞（狀態動詞）與副詞<br>**고유어 숫자 , 단위와 가격**<br>固有語數字，單位與價格 | |
| 第 6 課 | **어제 수업 끝나고 미용실에 갔어요 .**<br>昨天下課後去了美容院。 | **외모 정리**<br>外貌整理<br>**학교 생활**<br>學校生活 | |

| 情境與對話 | 文法與表現 |
|---|---|

**비격식적 상황 자기소개**
非正式場合自我介紹
**격식적 상황 자기소개**
正式場合自我介紹

1. 인사말
2. N 은 / 는 N 예요 / 이에요
3. N 입니까 ? / N 입니다
4. N 이 / 가 아니에요 ; N 이 / 가 아닙니다

**현재 하는 일 묻고 답하기**
談論現在在做的事
**장소 묻고 답하기**
談論做事的場所

1. V 아요 / 어요 / 해요
2. N 를 / 을
3. N 에서
4. 안 V

**생일 축하에 대한 대화**
關於生日祝賀的對話
**일정 이야기해 보기**
試著談論行程

1. 이거는 [ 그거는 , 저거는 ] N 예요 / 이에요
2. 날짜와 요일
3. N 이 / 가 있어요 [ 없어요 ]
4. N 에

**장소 소개해 보기**
試著介紹場所
**목적지 묻고 답하기**
談論目的地

1. 여기가 N 예요 / 이에요
2. N 에 있어요 [ 없어요 ]
3. N 에 가요 / 와요
4. N₁ 하고 N₂ ; N₁ 와 / 과 N₂ ;
   N₁ 랑 / 이랑 N₂

**식당 음식에 대한 이야기**
關於餐廳食物的談話
**가격 묻고 답하기**
談論價格

1. N 이 / 가 A- 아요 / 어요
2. V- 았 / 었
3. A₁ / V₁- 고 A₂ / V₂
4. V-( 으 ) 세요

**의무 표현하기**
表達義務
**학교 생활 일기**
學校生活日記

1. V₁- 고 V₂
2. V- 아야 / 어야 되다 / 하다
3. A / V- ㅂ니까 / 습니까 ?
   A / V- ㅂ니다 / 습니다 .
4. V- 고 있다

# 예비편

預備篇

## 一、세종대왕과 훈민정음 世宗大王與訓民正音

　　朝鮮世宗「李祹」（이도）為朝鮮王朝的第4代國王，於1418年至1450年在位。在位期間，為了創制能夠讓百姓容易學習且方便書寫的文字，於是發明了「訓民正音」（훈민정음），並於1446年在全國廣泛發佈了「韓文」（한글）。這對日後韓國在語言及文化發展上皆帶來深遠影響。由於世宗對國家貢獻巨大，因此後世的韓國史學家都尊稱他為「世宗大王」（세종대왕）。

　　1446年，世宗大王將韓文字的說明和創造的目的編著成《訓民正音》一書。世宗大王發明韓文時，之所以取名為「訓民正音」，乃具有「教導百姓正確的聲音」（백성(民)을 가르치는(訓) 바른(正) 소리(音)）的涵義。且由於韓文是世界首創、兼具獨創性和科學性的文字體系，因此獲得「聯合國教科文組織」的價值認證，《訓民正音 解例本》於1997年10月被列入世界遺產紀錄。

　　韓文為表音文字，分為子音和母音，由子音和母音組合成字。基本子音和母音分別為14字和10字，總共24個文字。其中子音字型乃根據舌頭和嘴唇等發音器官創造，而母音字型則以天、地、人的模樣創造而來。依此誕生的基本文字，在經過組合後，形成5個複合子音「ㄲ、ㄸ、ㅃ、ㅆ、ㅉ」和11個複合母音「ㅐ、ㅒ、ㅔ、ㅖ、ㅘ、ㅙ、ㅚ、ㅝ、ㅞ、ㅟ、ㅢ」，提高整體的組織性，並使用至今。

　　此外，有座位於首爾特別市龍山區的「國立韓文博物館」（국립한글박물관），那裡展示了韓國固有文字──韓文的歷史以及演變過程，是可以直接體驗並且學習韓文的博物館。此博物館大致分為韓文展示館、韓文遊戲區、韓文學習區等區域。其中韓文展示館內陳列了自西元1443年起至今韓文演變的相關資料，在此可以盡情了解韓文歷史。在韓文遊戲區則設有韓文相關的玩具及設施，是可以透過玩樂輕鬆學習韓文的學習兼具娛樂空間。交通方式亦相當便利，搭乘首爾捷運京義中央線、4號線二村站2號出口，或京義中央線西冰庫站1號出口，步行約5分鐘即可抵達。

## 二、한글 韓文 40 音

韓文有21個母音及19個子音，共40個字母。21個母音可分為10個「單母音」（단모음），包括「ㅏ、ㅓ、ㅗ、ㅜ、ㅡ、ㅣ、ㅐ、ㅔ、ㅚ、ㅟ」，與11個「二重母音」（이중모음），包括「ㅑ、ㅕ、ㅛ、ㅠ、ㅒ、ㅖ、ㅘ、ㅙ、ㅝ、ㅞ、ㅢ」。

19個子音可分為10個「平音」（평음），包括「ㄱ、ㄴ、ㄷ、ㄹ、ㅁ、ㅂ、ㅅ、ㅇ、ㅈ、ㅎ」，4個「激音」（격음），包括「ㅋ、ㅌ、ㅍ、ㅊ」與5個「硬音」（경음），包括「ㄲ、ㄸ、ㅃ、ㅆ、ㅉ」。個別字母的發音方式請參照下表。

### 1. 단모음 單母音

| 字母 | ㅏ | ㅓ | ㅗ | ㅜ | ㅡ | ㅣ | ㅐ | ㅔ | ㅚ | ㅟ |
|------|------|------|------|------|------|------|------|------|------|------|
| 名稱 | 아 | 어 | 오 | 우 | 으 | 이 | 애 | 에 | 외 | 위 |
| 羅馬拼音 | a | eo | o | u | eu | i | ae | e | oe | wi |

### 2. 이중모음 二重母音

| 字母 | ㅑ | ㅕ | ㅛ | ㅠ | ㅒ | ㅖ | ㅘ | ㅙ | ㅝ | ㅞ | ㅢ |
|------|------|------|------|------|------|------|------|------|------|------|------|
| 名稱 | 야 | 여 | 요 | 유 | 애 | 예 | 와 | 왜 | 워 | 웨 | 의 |
| 羅馬拼音 | ya | yeo | yo | yu | yae | ye | wa | wae | wo | we | ui |

在此須留意母音「ㅢ」共有三種發音，在一詞彙的字首，例如：「의」사（醫生）時，發音為[ui]；不在字首，例如：예「의」（禮儀）時，發音為[i]；當意思為所有格「的」，例如：엄마「의」손（媽媽的手）時，發音則為[e]。

## 3. 자음 子音

| 字母 | ㄱ | ㄲ | ㅋ | ㄷ | ㄸ | ㅌ | ㅂ | ㅃ | ㅍ |
|------|-----|------|-----|-----|------|-----|-----|------|-----|
| 名稱 | 기역 | 쌍기역 | 키읔 | 디귿 | 쌍디귿 | 티읕 | 비읍 | 쌍비읍 | 피읖 |
| 羅馬拼音 | g/k | kk | k | d/t | tt | t | b/p | pp | p |

　　其中「ㄱ、ㄷ、ㅂ」位於一詞彙的字首、子音前方或語尾時，發音為[k, t, p]；當位置介於母音跟母音之間時，發音則為[g, d, b]。

| 字母 | ㅈ | ㅉ | ㅊ | ㅅ | ㅆ | ㄴ | ㄹ | ㅁ | ㅇ | ㅎ |
|------|-----|------|-----|-----|------|-----|-----|-----|-----|-----|
| 名稱 | 지읒 | 쌍지읒 | 치읓 | 시옷 | 쌍시옷 | 니은 | 리을 | 미음 | 이응 | 히읗 |
| 羅馬拼音 | j | jj | ch | s | ss | n | r/l | m | ng | h |

　　另外，當「ㅇ」在母音前面時不發音，在子音前方或語尾時，發音為[ng]。而當「ㄹ」在母音前面時，發音為[r]；在子音前方或語尾時，發音為[l]。

## 三、한글의 구성 韓文字的組成

　　韓文組字時以「音節」為單位，一個音節組成一個「韓文字」，每個字係按「由左而右，從上到下」的方向排列。韓文的音節由初聲子音（聲母）、中聲母音（韻頭和韻腹）及終聲子音（韻尾）三部份組成。在實際應用中，可大致分成以下幾種組合排列方式：

### （一）子音加母音

1. 子音會在豎立方向的母音左邊（左到右）

# 기자

2. 子音會在橫躺方向的母音上方（上到下）

# 주부

3. 子音會在複合母音的左上方

# 회화

### （二）子音加母音加子音

# 한국

# 운동

# 병원

## 四、단모음 單母音

1. 請讀下表內容，並寫寫看。 ▶ MP3-01

| 母音 | | 寫一寫 | | 母音＋ㅇ | | 寫一寫 | |
|---|---|---|---|---|---|---|---|
| ㅏ | ㅏ | | | 아 | 아 | | |
| ㅓ | ㅓ | | | 어 | 어 | | |
| ㅗ | ㅗ | | | 오 | 오 | | |
| ㅜ | ㅜ | | | 우 | 우 | | |
| ㅡ | ㅡ | | | 으 | 으 | | |
| ㅣ | ㅣ | | | 이 | 이 | | |
| ㅐ | ㅐ | | | 애 | 애 | | |
| ㅔ | ㅔ | | | 에 | 에 | | |
| ㅚ | ㅚ | | | 외 | 외 | | |
| ㅟ | ㅟ | | | 위 | 위 | | |

2. 請讀單詞，並寫寫看。 ▶ MP3-02

| | 아이<br>小孩 | 아이 | | 2 | 이<br>2 | 이 | |
| --- | --- | --- | --- | --- | --- | --- | --- |
| | 어머니<br>母親 | 어머니 | | | 개<br>狗 | 개 | |
| 5 | 오<br>5 | 오 | | yes | 네<br>是 | 네 | |
| | 우유<br>牛奶 | 우유 | | | 회사<br>公司 | 회사 | |
| | 으앙<br>哇<br>（嬰兒哭聲） | 으앙 | | | 위<br>上面 | 위 | |

## 五、이중모음 二重母音

1. 請讀下表內容，並寫寫看。 ▶ MP3-03

| 母音 | | 寫一寫 | | 母音＋ㅇ | | 寫一寫 | |
|---|---|---|---|---|---|---|---|
| ㅑ | ㅑ | | | 야 | 야 | | |
| ㅕ | ㅕ | | | 여 | 여 | | |
| ㅛ | ㅛ | | | 요 | 요 | | |
| ㅠ | ㅠ | | | 유 | 유 | | |
| ㅒ | ㅒ | | | 얘 | 얘 | | |
| ㅖ | ㅖ | | | 예 | 예 | | |
| ㅘ | ㅘ | | | 와 | 와 | | |
| ㅙ | ㅙ | | | 왜 | 왜 | | |
| ㅝ | ㅝ | | | 워 | 워 | | |
| ㅞ | ㅞ | | | 웨 | 웨 | | |
| ㅢ | ㅢ | | | 의 | 의 | | |

2. 請讀單詞，並寫寫看。 ▶ MP3-04

| | 야구<br>棒球 | 야구 | | | 사과<br>蘋果 | 사과 | |
|---|---|---|---|---|---|---|---|
| | 여우<br>狐狸 | 여우 | | | 왜<br>為什麼 | 왜 | |
| | 요가<br>瑜伽 | 요가 | | | 뭐<br>什麼 | 뭐 | |
| | 유아<br>幼兒 | 유아 | | | 스웨터<br>毛衣 | 스웨터 | |
| | 얘기<br>談話 | 얘기 | | | 의사<br>醫生 | 의사 | |
| | 예의<br>禮儀 | 예의 | | | 엄마의 손<br>媽媽的手 | 엄마의<br>손 | |

## 六、자음：평음 子音：平音

1. 請讀下表內容，並寫寫看。 ▶ MP3-05

| 子音 | 名稱 | 寫一寫 | | |
|---|---|---|---|---|
| ㄱ | 기역 | ㄱ | | |
| ㄴ | 니은 | ㄴ | | |
| ㄷ | 디귿 | ㄷ | | |
| ㄹ | 리을 | ㄹ | | |
| ㅁ | 미음 | ㅁ | | |
| ㅂ | 비읍 | ㅂ | | |
| ㅅ | 시옷 | ㅅ | | |
| ㅇ | 이응 | ㅇ | | |
| ㅈ | 지읒 | ㅈ | | |
| ㅎ | 히읗 | ㅎ | | |

2. 請讀單詞，並寫寫看。 ▶ MP3-06

| | 가수<br>歌手 | 가수 | | | 비<br>雨 | 비 | |
|---|---|---|---|---|---|---|---|
| | 나무<br>樹 | 나무 | | **4** | 사<br>4 | 사 | |
| | 두부<br>豆腐 | 두부 | | NO | 아니요<br>不 | 아니요 | |
| | 라디오<br>收音機 | 라디오 | | | 자<br>尺 | 자 | |
| | 모자<br>帽子 | 모자 | | | 휴지<br>衛生紙 | 휴지 | |

3. 請試著將子音和母音結合，並讀讀看。

| 모음<br>자음 | ㅏ | ㅑ | ㅓ | ㅕ | ㅗ | ㅛ | ㅜ | ㅠ | ㅡ | ㅣ |
|---|---|---|---|---|---|---|---|---|---|---|
| ㄱ | 가 | | | | | | | | | |
| ㄴ | | 냐 | | | | | | | | |
| ㄷ | | | 더 | | | | | | | |
| ㄹ | | | | 려 | | | | | | |
| ㅁ | | | | | 모 | | | | | |
| ㅂ | | | | | | 뵤 | | | | |
| ㅅ | | | | | | | 수 | | | |
| ㅇ | | | | | | | | 유 | | |
| ㅈ | | | | | | | | | 즈 | |
| ㅎ | | | | | | | | | | 히 |

## 七、자음：격음，경음 子音：激音、硬音 ▶ MP3-07

1. 請讀下表內容，並寫寫看。

| 子音 | 名稱 | 寫一寫 | | |
|---|---|---|---|---|
| ㅊ | 치읓 | ㅊ | | |
| ㅋ | 키읔 | ㅋ | | |
| ㅌ | 티읕 | ㅌ | | |
| ㅍ | 피읖 | ㅍ | | |
| ㄲ | 쌍기역 | ㄲ | | |
| ㄸ | 쌍디귿 | ㄸ | | |
| ㅃ | 쌍비읍 | ㅃ | | |
| ㅆ | 쌍시옷 | ㅆ | | |
| ㅉ | 쌍지읒 | ㅉ | | |

## 2. 請讀單詞，並寫寫看。 ▶ MP3-08

| | | | | | | | |
|---|---|---|---|---|---|---|---|
| | **차**<br>車；茶 | 차 | | | **깨**<br>芝麻 | 깨 | |
| | | | | | **띠**<br>生肖 | 띠 | |
| | **커피**<br>咖啡 | 커피 | | | **오빠**<br>哥哥 | 오빠 | |
| | **토마토**<br>番茄 | 토마토 | | | **씨**<br>籽、種子 | 씨 | |
| | **파**<br>蔥 | 파 | | | **찌개**<br>湯、火鍋 | 찌개 | |

3.請試著將子音和母音結合，並讀讀看。

| 모음<br>자음 | ㅏ | ㅑ | ㅓ | ㅕ | ㅗ | ㅛ | ㅜ | ㅠ | ㅡ | ㅣ |
|---|---|---|---|---|---|---|---|---|---|---|
| ㅊ | | | | | | | | | | |
| ㅋ | | | | | | | | | | |
| ㅌ | | | | | | | | | | |
| ㅍ | | | | | | | | | | |
| ㄲ | | | | | 꼬 | | | | | |
| ㄸ | | | | 뗘 | | 뚀 | | | | |
| ㅃ | | | 뻐 | | | | 뿌 | | | |
| ㅆ | | 쌰 | | | | | | 쓔 | | 씨 |
| ㅉ | 짜 | | | | | | | | 쯔 | |

## 八、받침 收尾音

1. 韓文中收尾音共有七種唸法。

| 代表收尾音 | 發音 | 收尾音 |
|:---:|:---:|:---:|
| ㄱ | k | ㄱ、ㅋ、ㄲ、ㄳ、ㄺ |
| ㄴ | n | ㄴ、ㄵ、ㄶ |
| ㄷ | t | ㄷ、ㅅ、ㅆ、ㅈ、ㅊ、ㅌ、ㅎ |
| ㄹ | l | ㄹ、ㄼ、ㄽ、ㄾ、ㅀ |
| ㅁ | m | ㅁ、ㄻ |
| ㅂ | p | ㅂ、ㅍ、ㅄ、ㄿ |
| ㅇ | ng | ㅇ |

2. 請讀單詞，並寫寫看。 ▶ MP3-09

| | | | |
|---|---|---|---|
| | **책**<br>書 | 책 | |
| 도서관 | **도서관**<br>圖書館 | 도서관 | |
| | **옷**<br>衣服 | 옷 | |
| | **일본**<br>日本 | 일본 | |
| **3** | **삼**<br>3 | 삼 | |
| | **밥**<br>飯 | 밥 | |
| ABCDEFGH<br>IJKLMNOPQ<br>RSTUVWXYZ | **영어**<br>英語 | 영어 | |

# 제 1 과
# 안녕하세요 .

第 1 課 你好。

---

**1. 국적과 직업에 관련된 어휘와 표현**
　國籍和職業相關的語彙及表現

**2. 격식적 상황과 비격식적 상황에서의 인사말과 자기소개**
　在<u>正式</u>場合與<u>非正式</u>場合的招呼語及自我介紹

# 안녕하세요.

# 안녕하십니까?

**小祕訣**

在生活中遇到平、晚輩或關係親近的人時，韓國人會以「안녕」（你好）跟對方打招呼。

**情境與對話 1**

🔵 **토마스** : 안녕하세요. 저는 토마스예요.

🔵 **지　은** : 안녕하세요. 저는 김지은이에요.

🔵 **토마스** : 지은 씨는 어느 나라 사람이에요?

🔵 **지　은** : 저는 한국 사람이에요.
　　　　　　토마스 씨는 어느 나라 사람이에요?

🔵 **토마스** : 저는 미국 사람이에요. 만나서 반가워요.

🔵 **지　은** : 반가워요.

---

**[ 新詞彙 ]**

**저** 我（謙稱）
**씨** 先生；小姐
**어느** 哪個
**나라** 國家
**사람** 人

---

**● 小祕訣**

詢問他人國籍時，也可以這樣說。

가 : 어디에서 왔어요?　　你來自哪裡？
나 : 대만에서 왔어요.　　我來自台灣。

---

**[ 新詞彙 ]**

**어디** 哪裡
**에서** 從……
**왔어요** 來（過去式）
**대만** 台灣

## 詞彙 1

### ● 국적 國籍

| 미국 | 일본 | 영국 | 중국 | 한국 |
| 美國 | 日本 | 英國 | 中國 | 韓國 |

| * 독일 | 호주 | 프랑스 | 캐나다 | 브라질 |
| 德國 | 澳洲 | 法國 | 加拿大 | 巴西 |

| 베트남 | 인도네시아 | 싱가포르 | 말레이시아 | 이탈리아 |
| 越南 | 印尼 | 新加坡 | 馬來西亞 | 義大利 |

---

**發音規則**

\* 連音法則

　　「독일」唸作 [ 도길 ] 為「連音」規則之應用。當前一個字的尾音後面遇到母音開始的字時，前一個字的尾音會移到後面的字作為初聲。例如「독일」的第二個字是無聲子音「ㅇ」及母音「ㅣ」，因此其前面的尾音「ㄱ」要移至「일」的開頭，變為「길」，方可唸出 [ 도길 ] 讀音。

　　初學韓文，除了要認識韓文 40 音外，亦需要在一開始就熟悉的便是連音規則，因為實際會運用到連音的地方相當多，若能盡快掌握此規則，便能說出更道地的韓語哦！

## 文法 1-1

## ● 인사말 招呼語

| 常用招呼語 | | 使用情境 |
|---|---|---|
| 您好嗎？ 你好。 | 안녕하십니까? | 正式場合 |
| | 안녕하세요. | 一般多數場合 |
| 很高興認識你。<br>很高興見到你。 | 만나서 반갑습니다. | 正式場合 |
| | 만나서 반가워요. | 非正式場合 |
| 請慢走。 | 안녕히 가세요. | 以尊待語氣表達時 |
| 請留步。 | 안녕히 계세요. | 以尊待語氣表達時 |
| 再見。 | 또 만나요. | 一般場合，禮貌用語 |
| 謝謝。 | 감사합니다. | 正式場合 |
| | 고마워요. | 非正式場合 |
| 不客氣。 | 별말씀을요. | 較為恭敬 |
| | 아니에요. | 非正式場合 |
| 對不起。 | 죄송합니다. | 正式場合 |
| | 미안해요. | 非正式場合 |
| 沒關係。 | 괜찮습니다. | 正式場合 |
| | 괜찮아요. | 非正式場合 |

**文法 1-2**

## ● N₁ 는 / 은 N₂ 예요 / 이에요

「는 / 은」為主詞助詞，當前方名詞為母音結尾，即無尾音時要接「는」，若前方名詞為子音結尾，即有尾音時則接「은」。

「예요 / 이에요」為非正式場合的終結語尾，中譯為「……是……」。當前方名詞為母音結尾，即無尾音時要接「예요」，若前方名詞為子音結尾，即有尾音時則接「이에요」。此外，當「예요 / 이에요」語氣上揚時，便是疑問句。

| | |
|---|---|
| • 저는 대만 사람이에요. | 我是台灣人。 |
| • 친구는 영국 사람이에요. | 朋友是英國人。 |
| • 제 이름은 토마스예요. | 我的姓名是湯瑪士。 |
| • 동생은 중학생이에요. | 弟弟是國中生。 |
| • 가 : 오빠는 연예인이에요? | 哥哥是藝人嗎？ |
| 　나 : 네, 저는 연예인이에요. | 是的，我是藝人。 |
| • 저는 한국 여자 그룹 멤버예요. | 我是韓國女子團體成員。 |

---

### [ 新詞彙 ]

| | |
|---|---|
| **친구** 朋友 | **오빠** （女生稱）哥哥 |
| **제** 我的 | **네** 是的 |
| **이름** 姓名 | **연예인** 藝人 |
| **동생** 弟弟或妹妹 | **여자 그룹** 女子團體 |
| **중학생** 國中生 | **멤버**（member） 成員 |

## 1. 請參照範例，填寫適當的招呼語。

(1)

[보기]

가 : 안녕히 계세요.

나 : <u>안녕히 가세요.</u>

가 : 감사합니다.

나 : _____.

(2)

(3)

가 : 죄송합니다.

나 : _____.

가 : 안녕히 가세요.

나 : _____.

(4)

(5)

가 : 만나서 반갑습니다.

나 : _____.

가 : _____.

나 : 아니에요.

## 2. 請於空格中填入主詞助詞「는」或「은」。

(1) 저(　　　) 대만 사람이에요.

(2) 동생(　　　) 학생이에요.

(3) 친구(　　　) 캐나다 사람이에요.

(4) 지은 씨(　　　) 한국 사람이에요.

(5) 제 이름(　　　) 토마스예요.

(6) 박보검(　　　) 한류 스타예요.

[ 新詞彙 ]

한류 스타 韓流明星

## 3. 請於空格中填入「예요」或「이에요」。

(1) 일본 사람_____.

(2) 한국 요리_____.

(3) 셀카 사진_____.

(4) 프랑스_____.

(5) 친동생_____.

(6) 한국 남자 그룹_____.

**[ 新詞彙 ]**

**요리** 料理

**셀카 사진** 自拍照
（「셀카」為「셀프」＋
「카메라」（self+camera）
的縮寫）

**친동생** 親弟弟、親妹妹

**남자 그룹** 男子團體

## 4. 請參照範例，並利用提示字詞完成句子。

[보기] <u>떡볶이는 한국 요리예요.</u> (떡볶이 / 한국 요리)

(1) _____. (쯔위 / 여자 그룹 멤버)

(2) _____. (제 이름 / 지은)

(3) _____. (동생 / 중학생)

(4) _____. (저 / 토마스)

(5) _____. (아사히 / 일본 사람)

(6) _____. (친구 / 캐나다 사람)

**[ 新詞彙 ]**

**떡볶이** 辣炒年糕

**情境與對話 2**

🔵 **토마스 :** 안녕하십니까? 저는 토마스입니다.

⚪ **지　은 :** 안녕하세요. 저는 김지은입니다.

🔵 **토마스 :** 지은 씨 직업은 무엇입니까?

⚪ **지　은 :** 저는 승무원입니다.
　　　　　토마스 씨는 운동선수입니까?

🔵 **토마스 :** 아니요. 저는 운동선수가 아닙니다.
　　　　　배우입니다.

⚪ **지　은 :** 아 네, 만나서 반갑습니다.

🔵 **토마스 :** 반갑습니다.

## 詞彙 2

### 직업 職業

**가수**
歌手

**선생님**
老師

**학생**
學生

**회사원**
上班族

**요리사**
廚師

**알바생**
工讀生

**의사**
醫生

**택배기사**
宅配人員

**기자**
記者

**운동선수**
運動選手

**주부**
主婦

**승무원**
空服員

**\* 군인**
軍人

**변호사**
律師

**배우**
演員

---

**小祕訣**

1. 「선생님」在口語中可簡稱為「쌤」，「쌤」為「선생님」的縮寫。

2. 「알바생」為「아르바이트 학생」（工讀生）的縮寫。

---

| 發音規則 | 「군인」唸作 [ 구닌 ]，此為連音規則之應用。 |

## 文法 2-1

### ● N 입니까 ? / N 입니다 .

　　「입니까?」及「입니다.」主要用於正式場合，中文意思為「是⋯⋯嗎？」及「是⋯⋯。」。其中「입니까」用於疑問句，而「입니다」用於肯定句。

- 가 : **직업이 무엇입니까?** 　職業是什麼呢？
  나 : **택배기사입니다.** 　　是宅配人員。

- 가 : **회사원입니까?** 　　是上班族嗎？
  나 : **네, 회사원입니다.** 　是的，是上班族。

- 가 : **기자입니까?** 　　　是記者嗎？
  나 : **네, 기자입니다.** 　是的，是記者。

- 가 : **친동생입니까?** 　　是親弟弟嗎？
  나 : **네, 제 친동생입니다.** 是的，是我的親弟弟。

- 가 : **요리사입니까?** 　　是廚師嗎？
  나 : **네, 요리사입니다.** 是的，是廚師。

- 가 : **아미입니까 ?** 　　是A.R.M.Y嗎？
  나 : **네, 아미입니다.** 　是的，是A.R.M.Y。

**[ 新詞彙 ]**

**아미 （A.R.M.Y)** BTS 粉絲 （BTS：韓國男子團體「防彈少年團」）

| 發音規則 | 當子音「ㅂ」遇到「ㄴ」時，會唸成 [ㅁ]，此為「鼻音化」規則之應用，因此「입니까」唸作 [ 임니까 ]，「입니다」唸作 [ 임니다 ]。 |

◆ 文法 2-2

## ● N 이 / 가 아니에요 ; N 이 / 가 아닙니다

　　此句型中文意思為「不是……」，當前方名詞為母音結尾（即無尾音）時，要接助詞「가」；若前方名詞為子音結尾（即有尾音）時，則接助詞「이」。

　　「아니에요」用於非正式場合，「아닙니다」用於正式場合。

- 가 : 일본 사람이에요?　　　　　　　是日本人嗎？
  나 : 아니요. 저는 일본 사람이 아니에요.　不。我不是日本人。
  　　한국 사람이에요.　　　　　　　是韓國人。

- 가 : 가수예요?　　　　　　　　　　是歌手嗎？
  나 : 아니요. 저는 가수가 아니에요.　　不。我不是歌手。
  　　회사원이에요.　　　　　　　　我是上班族。

- 가 : 알바생입니까?　　　　　　　　是工讀生嗎？
  나 : 아니요. 저는 알바생이 아닙니다.　不。我不是工讀生。
  　　사장입니다.　　　　　　　　　是老闆。

- 가 : 아미입니까?　　　　　　　　　是A.R.M.Y嗎？
  나 : 아니요. 저는 아미가 아닙니다.　　不。我不是A.R.M.Y。
  　　레드벨벳 팬입니다.　　　　　　是Red Velvet的粉絲。

---

### [ 新詞彙 ]

| | |
|---|---|
| **아니요** 不 | **레드벨벳（Red Velvet）** 韓國女子團體 |
| **사장** 社長、老闆 | **팬** 歌迷、影迷、粉絲 |

◯ **1. 請參照範例，並看圖完成句子。**

[보기] <u>선생님입니다</u>.

(1)

(2)

_____ .  _____ .

(3)

(4)

_____ .  _____ .

(5)

(6)

_____ .  _____ .

## 2. 請參照範例，並看圖完成句子。

[보기] 가 : 미국 사람입니까?

　　　 나 : 아니요. <u>미국 사람이 아닙니다. 영국 사람입니다.</u>

(1)

가 : 일본 사람입니까?

나 : 아니요. _____.

(2)

가 : _____.

나 : 아니요. _____.

(3)

| ✕ | ○ |

가 : 주부입니까?

나 : 아니요. _____ .

(4)

| ✕ | ○ |

가 : _____

나 : 아니요. _____ .

(5)

| ✕ | ○ |

가 : _____

나 : 아니요. _____ . _____ .

## ● 1. 聽力與會話 ▶ MP3-18

請根據聽到的內容，選擇正確答案。

(　　) (1) 아사히 씨는 어느 나라 사람이에요?

　　　　①한국　　②일본　　③미국　　④중국

(　　) (2) 아사히 씨 직업이 뭐예요?

　　　　①선생님　　②학생　　③가수　　④회사원

## ● 2. 情境會話練習

(1) 非正式場合的自我介紹。

(2) 正式場合的自我介紹。

## ◯ 3. 閱讀與寫作

안녕하십니까?

저는 김도윤입니다.

한국 사람입니다.

학생입니다.

만나서 반갑습니다.

## 韓翻中練習

| | |
|---|---|
| 1 | |
| 2 | 金道允 |
| 3 | |
| 4 | |
| 5 | |

**請參照上方內容，擬出一份自我介紹稿。**

| | |
|---|---|
| 1 | |
| 2 | |
| 3 | |
| 4 | |
| 5 | |

## ○ 태극기 그리기  繪製太極旗（韓國國旗）

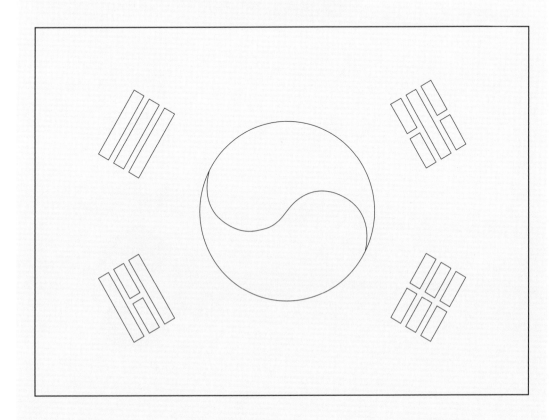

# ○ 태극기의 의미　太極旗的意義

| 色彩或圖像 | 象徵意義 | 象徵意義圖示 |
|---|---|---|
| 白色 | 明亮（밝음）、潔淨（깨끗함）、純潔（순수함） |  |
| | 和平（평화） |  |
| | 愛（사랑） |  |
| 太極 | 陽（양）　（紅） |  |
| | 陰（음）　（藍） |  |
| | 調和（조화） | 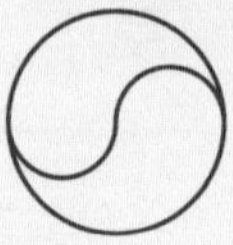 |
| 八卦中的四卦（黑） | 乾（건）、天（하늘）、春（봄）、東（동쪽） | |
| | 坤（곤）、地（땅）、夏（여름）、西（서쪽） | |
| | 離（리）、火（불）、秋（가을）、南（남쪽） | |
| | 坎（감）、水（물）、冬（겨울）、北（북쪽） | |

## 文法 1-1 인사말

| 正式場合 | 非正式場合 |
|---|---|
| 안녕하십니까? | 안녕하세요. |
| 만나서 반갑습니다. | 만나서 반가워요. |
| 안녕히 가세요./안녕히 계세요. | 또 만나요. |
| 감사합니다. | 고마워요. |
| 별말씀을요. | 아니에요. |
| 죄송합니다. | 미안해요. |
| 괜찮습니다. | 괜찮아요. |

## 文法 1-2 N₁ 는 / 은 N₂ 예요 / 이에요

- 친구는 영국 사람이에요.

- 제 이름은 토마스예요.

## 文法 2-1 N 입니까 ? / N 입니다 .

| 正式場合 | 非正式場合 |
|---|---|
| 가 : 군인입니까? | 가 : 군인이에요? |
| 나 : 네, 군인입니다. | 나 : 네, 군인이에요. |
| 가 : 변호사입니까? | 가 : 변호사예요? |
| 나 : 네, 변호사입니다. | 나 : 네, 변호사예요. |

## ● 文法 2-2 N 이 / 가 아니에요 ; N 이 / 가 아닙니다

| 正式場合 | 非正式場合 |
|---|---|
| 가 : 회사원입니까? | 가 : 회사원이에요? |
| 나 : 아니요. 회사원이 아닙니다. | 나 : 아니요. 회사원이 아니에요. |
| 가 : 요리사입니까? | 가 : 요리사예요? |
| 나 : 아니요. 요리사가 아닙니다. | 나 : 아니요. 요리사가 아니에요. |

## 情境與對話 1

湯瑪士：你好。我是湯瑪士。

智　恩：你好。我是金智恩。

湯瑪士：智恩是哪一國人呢？

智　恩：我是韓國人。湯瑪士是哪一國人呢？

湯瑪士：我是美國人。很高興認識妳。

智　恩：很高興認識你。

## 情境與對話 2

湯瑪士：你好！我是湯瑪士。

智　恩：你好！我是金智恩。

湯瑪士：智恩是從事什麼工作呢？

智　恩：我是空服員。湯瑪士是運動選手嗎？

湯瑪士：不。我不是運動選手。我是演員。

智　恩：啊！是的。很高興認識你。

湯瑪士：很高興認識妳。

# 제 2 과
# 지금 뭐 해요 ?
第 2 課 現在在做什麼呢？

## 學習目標

**1. 동작동사와 장소（1）에 관련된 어휘와 표현**
動作動詞及場所（1）相關的詞彙與表現

**2. 어떤 장소에서 하는 일 이야기해 보기**
試著談論在某個場所做的事情

# 도서관에서 책을 읽어요.

# 집에서 아침밥을 먹어요.

## 情境與對話 1

◉ **토마스** : 지은 씨, 지금 뭐 해요?

◉ **지　은** : 시험 준비를 해요. 토마스 씨는 뭐 해요?

◉ **토마스** : 숙제를 해요.

◉ **지　은** : 영어 숙제를 해요?

◉ **토마스** : 아니요. 수학 숙제를 해요.

◉ **지　은** : 힘내요.

◉ **토마스** : 네, 우리 모두 파이팅.

**[ 新詞彙 ]**

**지금** 現在
**뭐** 什麼
**영어** 英語
**수학** 數學
**힘내다** 加油
**우리** 我們
**모두** 全部、都
**파이팅 (fighting)** 加油

## 詞彙 1

### ◯ 동작동사 動作動詞

운동하다
運動

시험 준비를 하다
準備考試

숙제를 하다
做作業

공부하다
讀書、學習

시험 공부를 하다
讀書預備考試

* 산책하다
散步

일하다
工作

아르바이트를 하다
打工

좋아하다
喜歡

| 發音<br>規則 | 「산책하다」唸作［산채카다］，此為「激音化」規則之應用，當「ㄱ」遇到「ㅎ」時，會結合唸作［ㅋ］。 |
|---|---|

**\* 책을 읽다**
唸書

**아침밥을 먹다**
吃早餐

**물을 마시다**
喝水

**친구를 만나다**
見朋友

**영화를 보다**
看電影

**옷을 사다**
買衣服

**가르치다**
教

**배우다**
學習

**사전을 찾다**
查字典

## ● V- 아요 / 어요 / 해요

　　此文法為「요形變化」。요形變化主要用於非正式場合，為禮貌語氣。欲將動詞原形與「-아요 / 어요 / 해요」語尾結合使用時，以「하다」結尾的動詞要改成「해요」，動詞原形語尾다前方若為「ㅏ」或「ㅗ」時要接「-아요」，其他情況則要接「-어요」。

| 原形 | 變化規則 | - 아요 / 어요 / 해요 |
|---|---|---|
| 운동하다 運動 | 하다結尾 | 운동하다 + 해요 → 운동해요 |
| 공부하다 讀書 | | 공부하다 + 해요 → 공부해요 |
| 사다 買 | 다前方為ㅏ或ㅗ | 사다 + 아요 → 사요 |
| 만나다 見面 | | 만나다 + 아요 → 만나요 |
| 보다 看 | | 보다 + 아요 → 봐요 |
| 알다 了解、知道 | | 알다 + 아요 → 알아요 |
| 서다 站立 | 其它情況 | 서다 + 어요 → 서요 |
| 마시다 喝 | | 마시다 + 어요 → 마셔요 |
| 배우다 學 | | 배우다 + 어요 → 배워요 |
| 먹다 吃 | | 먹다 + 어요 → 먹어요 |

- **가 : 운동해요?**　　　　　　　　在運動嗎？
  **나 : 아니요. 공부해요.**　　　　不。在讀書。

- **가 : 뭐 해요?**　　　　　　　　在做什麼呢？
  **나 : 드라마를 봐요.**　　　　　看韓劇。

· 가 : 뭐 마셔요?　　　　　　　　　在喝什麼？

　　나 : 물을 마셔요.　　　　　　　喝水。


· 가 : 뭐 배워요?　　　　　　　　　在學什麼呢？

　　나 : 한국어를 배워요.　　　　　學韓文。


[新詞彙]

**알다** 了解、知道

**서다** 站立

**드라마（drama）** 韓劇

**한국어** 韓文

## 文法 1-2

### ●N 를 / 을

「를 / 을」為受詞助詞。當前方名詞為母音結尾,即無尾音時,要接「를」,若前方名詞為子音結尾,即有尾音時,則要接「을」。

- **친구를 만나요.**            見朋友。

- **아르바이트를 해요.**          打工。

- **아침밥을 먹어요.**           吃早餐。

- **책을 읽어요.**               唸書。

- **숙제를 해요.**               做作業。

- **옷을 사요.**                 買衣服。

---

◢ 小祕訣

### N을 / 를 하다=N하다

名詞結合「를 / 을」使用且動詞為하다時,亦可寫作「名詞+하다」的動詞。

- 아르바이트를 하다=아르바이트하다
- 숙제를 하다=숙제하다

## 小試身手 1

### ● 1. 請將以下動詞原形改為「요形」。

| V | - 아요 / 어요 / 해요 |
|---|---|
| (1) 먹다 | |
| (2) 산책하다 | |
| (3) 찾다 | |
| (4) 만나다 | |
| (5) 배우다 | |
| (6) 일하다 | |
| (7) 가르치다 | |
| (8) 사다 | |
| (9) 읽다 | |
| (10) 마시다 | |
| (11) 운동하다 | |
| (12) 보다 | |
| (13) 만들다 | |
| (14) 알다 | |
| (15) 서다 | |
| (16) 공부하다 | |
| (17) 좋아하다 | |
| (18) 힘내다 | |
| (19) 내다 | |
| (20) 쉬다 | |

**[ 新詞彙 ]**

**만들다** 做
**내다** 繳交
**쉬다** 休息

## 2. 請於空格內填入受詞助詞「를」或「을」。

(1) 노트북(　　) 사요.

(2) 국수(　　) 먹어요.

(3) 숙제(　　) 해요.

(4) 피아노(　　) 배워요.

(5) 아르바이트(　　) 해요.

(6) 물(　　) 마셔요.

(7) 시험 준비(　　) 해요.

(8) 친구(　　) 만나요.

(9) 가족사진(　　) 봐요.

(10) 사전(　　) 찾아요.

**[ 新詞彙 ]**

**노트북** 筆電
**국수** 麵
**피아노** 鋼琴
**가족사진** 全家福照

## 3. 請參照範例，並利用提示字詞練習造句。

[보기] 드라마를 봐요. (드라마 / 보다)

(1) ＿＿＿＿＿＿＿＿＿＿＿＿＿＿＿＿＿＿＿＿＿ (아침밥 / 먹다)

(2) ＿＿＿＿＿＿＿＿＿＿＿＿＿＿＿＿＿＿＿＿＿ (숙제 / 내다)

(3) ＿＿＿＿＿＿＿＿＿＿＿＿＿＿＿＿＿＿＿＿＿ (물 / 마시다)

(4) ＿＿＿＿＿＿＿＿＿＿＿＿＿＿＿＿＿＿＿＿＿ (시험 / 보다)

(5) ＿＿＿＿＿＿＿＿＿＿＿＿＿＿＿＿＿＿＿＿＿ (아르바이트 / 하다)

(6) ＿＿＿＿＿＿＿＿＿＿＿＿＿＿＿＿＿＿＿＿＿ (사전 / 찾다)

(7) _____ (옷 / 사다)

(8) _____ (친구 / 만나다)

(9) _____ (한국어 / 배우다)

(10) _____ (시험 준비 / 하다)

### [ 新詞彙 ]

**숙제를 내다** 繳交作業

**시험을 보다** 考試

🗨 **토마스** : 지은 씨, 지금 뭐 해요?

🗨 **지 은** : 시험 공부를 해요.

🗨 **토마스** : 집에서 공부를 해요?

🗨 **지 은** : 아니요. 집에서 공부를 안 해요.

🗨 **토마스** : 그럼 지은 씨 어디에서 공부해요?

🗨 **지 은** : 학원에서 공부해요.

🗨 **토마스** : 오늘 하루도 열심히 해요.

**[ 新詞彙 ]**

**그럼** 那麼
**오늘** 今天
**하루** 一天
**도** 也
**열심히** 努力地

**[ 新詞彙 ]**

**운동화** 運動鞋
**그리고** 還有

**小祕訣**

補充文法：N도
名詞加上「도」表示「也」的意思。

· 저는 옷을 사요. 운동화도 사요. 我要買衣服。也要買運動鞋。
· 저는 시험 공부를 해요. 그리고 숙제도 해요. 我要準備考試。還要寫作業。

## 詞彙 2

◎ 장소（1） 場所（1）

**집**
家

**학교**
學校

**교실**
教室

**운동장**
運動場

**식당**
餐廳

**학원**
補習班

**시장**
市場

**편의점**
便利商店

**도서관**
圖書館

**백화점**
百貨公司

**극장**
劇場、電影院

**회사**
公司

## 文法 2-1

### ● N 에서

　　「에서」為地點助詞，意思為「在……（地點場所）」，主要連接於地點、場所後方，表示在某個場合進行某一動作。

[ 新詞彙 ]

음료수 飲料
한국 요리 韓式料理

- 집에서 아침밥을 먹어요.　　　　　　　　在家吃早餐。
- 시장에서 일해요.　　　　　　　　　　　在市場工作。
- 편의점에서 음료수를 사요.　　　　　　　在便利商店買飲料。
- 식당에서 한국 요리를 먹어요.　　　　　　在餐廳吃韓式料理。
- 운동장에서 운동해요.　　　　　　　　　在運動場運動。
- 극장에서 영화를 봐요.　　　　　　　　　在電影院看電影。

#### ▪ 小祕訣

第1課時曾學習過「N에서」的另一個用法，表示「來自……、從……」。

- 드라마 제목 「별에서 온 그대」　　　　　韓劇《來自星星的你》

- 가 : 어디에서 왔어요?　　　　　　　　　你從哪裡來？
- 나 : 대전에서 왔어요.　　　　　　　　　我來自大田。

[ 新詞彙 ]

드라마 제목 韓劇劇名
별 星星、星球
~에서 온 來自……的
그대 你（主要用於詩詞或書信中，用來稱呼情人或關係親近的對象）
대전 大田（地名）

## 文法 2-2

### ◉ 안 V

通常在動詞前方加上「안」時，意思是「不……」，表示不做或沒有做此動作。

- 가：고기를 먹어요?　　　　　　　　吃肉嗎？
  나：아니요. 저는 고기를 **안** 먹어요.　不。我不吃肉。

- 가：음료수를 마셔요?　　　　　　　　喝飲料嗎？
  나：아니요. 저는 음료수를 **안** 마셔요.　不。我不喝飲料。
  　　물을 마셔요.　　　　　　　　　　喝水。

- 가：극장에서 영화를 봐요?　　　　　　在電影院看電影嗎？
  나：아니요. 저는 극장에서 영화를 **안** 봐요.　不。我不在電影院看電影。
  　　집에서 영화를 봐요.　　　　　　　在家看電影。

---

**[新詞彙]**

고기 肉

---

**小祕訣**

請留意，當遇到「名詞＋하다」組成之動詞時，如「공부하다」、「운동하다」、「일하다」等字詞，「안」會置於名詞與「하다」之間，即「하다」的前方。「名詞＋하다」結合「요形變化」使用時，結果如下：

例：공부를 **안** 해요. 不讀書。
　　운동을 **안** 해요. 不運動。

• 가 : 운동해요?　　　　　　　　　　　　　　　運動嗎？
　나 : 아니요. 저는 운동을 **안** 해요.　　　　　不。我不運動。

• 가 : 공원에서 산책해요?　　　　　　　　　在公園散步嗎？
　나 : 아니요. 저는 공원에서 산책을 **안** 해요.　不。我不在公園散步。

• 가 : 편의점에서 아르바이트를 해요?　　　在便利商店打工嗎？
　나 : 아니요. 저는 편의점에서　　　　　　不。我不在便利商店打工。
　　　아르바이트를 **안** 해요.
　　　학교에서 아르바이트를 해요.　　　　　在學校打工。

**1. 請參照範例，並利用提示字詞完成句子。**

[보기] 집에서 아침밥을 <u>먹어요</u>. (아침밥을 먹다)

(1)

_____. (물을 마시다)

(2)

_____. (공부하다)

(3)

_____. (운동하다)

(4)

_____. (영화를 보다)

(5)

_____. (옷을 사다)

(6)

_____. (점심을 먹다)

(7)

_____. (친구를 만나다)

(8)

_____.(숙제를 하다)

(9)

_____. (수업을 하다)

(10)

_____. (일하다)

## ● 2. 請參照範例，將下列句子改為否定句。

[보기] 아침밥을 먹어요.

→ <u>아침밥을 안 먹어요.</u>

(1) 드라마를 봐요.

→ _____

(2) 운동해요.

→ _____

(3) 친구를 만나요.

→ _____

(4) 옷을 사요.

→ _____

(5) 책을 읽어요.

→ _____

(6) 사이다를 마셔요.

→ _____

(7) 사전을 찾아요.

→ _____

(8) 공부해요.

→ _____

(9) 태권도를 배워요.

→ _____

(10) 숙제를 내요.

→ _____

**[ 新詞彙 ]**

**사이다** 汽水

**태권도** 跆拳道

## 3. 請參照範例，並利用提示字詞造句。

[보기]
저는 집에서 아침밥을 안 먹어요. (아침밥을 먹다)
편의점에서 아침밥을 먹어요.

(1)

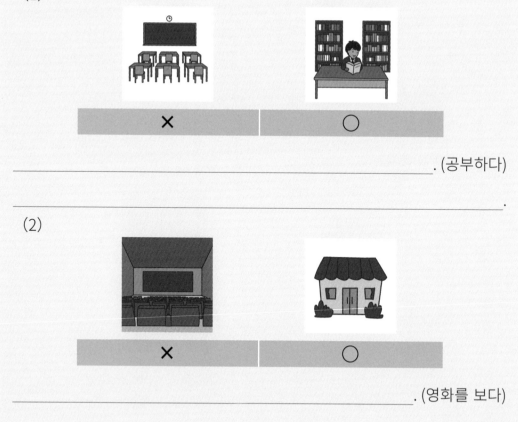

_____. (공부하다)

_____.

(2)

_____. (영화를 보다)

_____.

(3)

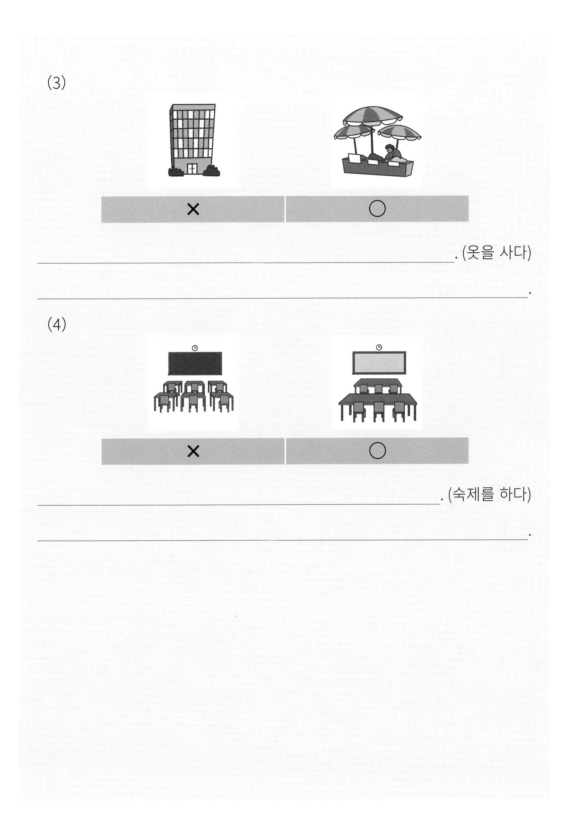

_____. (옷을 사다)

_____.

(4)

_____. (숙제를 하다)

_____.

(5)

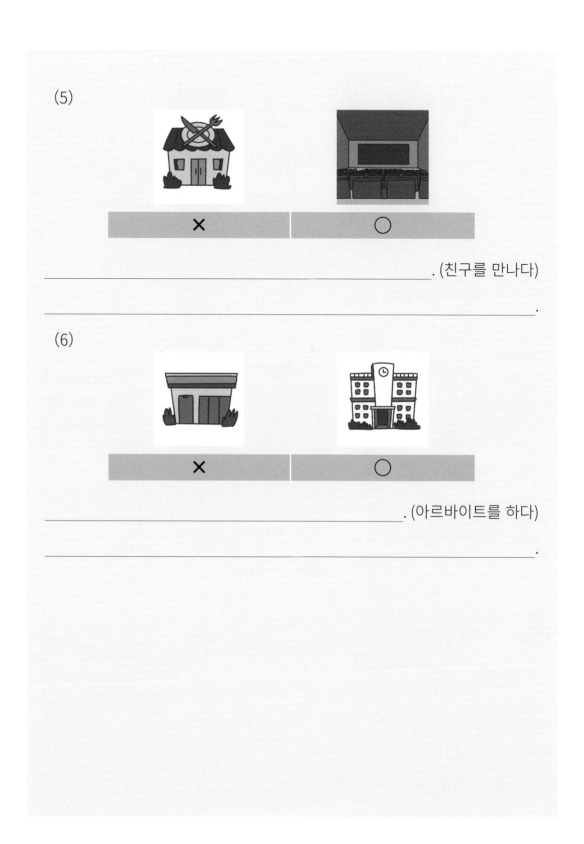

| × | ○ |

_____. (친구를 만나다)

_____.

(6)

| × | ○ |

_____. (아르바이트를 하다)

_____.

## ● 1. 聽力與會話 ▶ MP3-27

請根據聽到的內容選擇正確答案。

( ) (1) 여자는 지금 뭐 해요?

①밥 먹어요 ②책 읽어요 ③산책해요 ④옷을 사요

( ) (2) 여자는 어디에서 옷을 사요?

①백화점 ②시장 ③마트 ④식당

## ● 2. 情境會話練習 ▶ MP3-28

(1) 가 : 지금 뭐 해요?

나 : _____.

(2) 가 : 어디에서 공부해요?

나 : _____.

(3) 가 : 어디에서 영화를 봐요?

나 : _____.

(4) 가 : 어디에서 옷을 사요?

나 : _____.

(5) 가 : 어디에서 책을 읽어요?

나 : _____.

(6) 가 : 어디에서 한국어를 배워요?

나 : _____.

(7)   가 : 도서관에서 공부해요?

       나 : _____.

(8)   가 : 운동장에서 운동해요?

       나 : _____.

(9)   가 : 집에서 아침밥을 먹어요?

       나 : _____.

## ○ 3. 閱讀與寫作

저는 회사에서 일을 안 해요.
학원에서 아르바이트를 해요.
저는 영어를 가르쳐요.
한국어를 배워요.
도서관에서 공부를 안 해요.
커피숍에서 공부를 해요.

## 韓翻中練習

1

2

3

4

5

6

請參照上方內容，描述自己的生活。

1

2

3

4

5

6

## ● 한복 색종이 접기 韓服摺紙

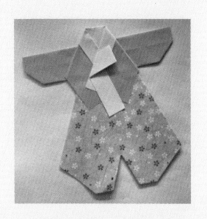 

| 남자 한복 男生韓服 | 여자 한복 女生韓服 |
|---|---|

只要在搜尋引擎中輸入「한복 색종이 접기」就會有許多不同的韓服摺紙方式可以參考！

**1.穿韓服的意義**

對於現代韓國人而言，韓服是傳統節日或重要日子的正式服裝。

**2.穿著韓服的日子**

孩子們會在滿百日生日時穿著韓服，而成人則在婚禮、重要家族活動時穿韓服。對於想體驗韓國文化的外國人而言，租借韓服進行韓服體驗也是項不錯的選擇。

**3.男女在韓服穿著上的差異**

男性韓服主要有褲子、上衣以及背心，而女性韓服則為上衣、襯衣、外裙、襯褲等。

## ○ 文法 1-1 V- 아요 / 어요 / 해요

| 原形 | 變化規則 | - 아요 / 어요 / 해요 |
|---|---|---|
| 운동하다 運動 | 하다結尾 | 운동하다+해요 → 운동해요 |
| 공부하다 讀書 | | 공부하다+해요 → 공부해요 |
| 사다 買 | 다前方為 ㅏ 或 ㅗ | 사다+아요 → 사요 |
| 만나다 見面 | | 만나다+아요 → 만나요 |
| 보다 看 | | 보다+아요 → 봐요 |
| 알다 了解、知道 | | 알다+아요 → 알아요 |
| 서다 站立 | 其它情況 | 서다+어요 → 서요 |
| 마시다 喝 | | 마시다+어요 → 마셔요 |
| 배우다 學 | | 배우다+어요 → 배워요 |
| 읽다 唸 | | 읽다+어요 → 읽어요 |

## ○ 文法 1-2 N 를 / 을

| | | |
|---|---|---|
| 숙제 | 를 | 해요. |
| 영화 | | 봐요. |
| 친구 | | 만나요. |
| 아침밥 | 을 | 먹어요. |
| 책 | | 읽어요. |
| 사전 | | 찾아요. |

## ◎ 文法 2-1 N 에서

| 학교 | | 공부해요. |
|---|---|---|
| 공원 | | 산책해요. |
| 집 | | 일해요. |
| 시장 | 에서 | 밥을 먹어요. |
| 편의점 | | 아르바이트를 해요. |
| 교실 | | 책을 읽어요. |
| 운동장 | | 운동해요. |

## ◎ 文法 2-2 안 V

| 動詞類型 | 動詞原形 | 否定的表現 |
|---|---|---|
| 하다結尾的動詞 | 공부하다 | 공부 안 해요. |
| | 운동하다 | 운동 안 해요. |
| | 시험 준비를 하다 | 시험 준비를 안 해요. |
| 非하다結尾的動詞 | 밥을 먹다 | 밥을 안 먹어요. |
| | 물을 마시다 | 물을 안 마셔요. |
| | 책을 읽다 | 책을 안 읽어요. |

## 情境與對話 1

湯瑪士：智恩，現在在做什麼呢？

智　恩：在準備考試。湯瑪士在做什麼呢？

湯瑪士：在寫作業。

智　恩：寫英語作業嗎？

湯瑪士：不。寫數學作業。

智　恩：加油！

湯瑪士：好，我們都加油！

## 情境與對話 2

湯瑪士：智恩，現在在做什麼呢？

智　恩：在準備考試。

湯瑪士：在家讀書嗎？

智　恩：不。我不在家裡讀書。

湯瑪士：那麼智恩在哪裡讀書呢？

智　恩：我在補習班讀書。

湯瑪士：今天一天也加油！

# 제 3 과
## 이거는 무슨 케이크예요?

第 3 課 這是什麼蛋糕呢?

---

### 學習目標

**1. 날짜와 요일 , 수업과 학용품에 관련된 어휘와 표현**
日期和星期,課程和學習用品相關的詞彙及表現

**2. 생일 파티와 일정 이야기해 보기**
試著談論生日派對與日程

# 월, 화, 수, 목, 금, 토, 일--요일

## 생일 축하해요.

### 情境與對話 1

● **지 은** : 이거는 무슨 케이크예요?

● **토마스** : 준석 씨 생일 케이크예요.

● **지 은** : 준석 씨 생일 축하해요.

● **준 석** : 고마워요.

● **토마스** : 자 우리 생일 축하 노래 같이 해요.
　　　　하나, 둘, 셋, 넷...

● **모 두** : 생일 축하합니다.
　　　　생일 축하합니다.
　　　　사랑하는 준석 씨
　　　　생일 축하합니다.

(잠시 후)

● **준 석** : 지은 씨 생일이
　　　　며칠이에요?

● **지 은** : 십일월
　　　　오 일이에요.

● **준 석** : 그때 같이 지은 씨
　　　　생일 파티를 해요.

---

**[ 新詞彙 ]**

**무슨** 什麼
**케이크** 蛋糕
**생일** 生日
**축하하다** 祝賀
**자** 來（聚集眾人時）
**생일 축하 노래** 生日快樂歌
**같이** 一起
**하나 , 둘 , 셋 , 넷** 一、二、三、四
**사랑하는** 親愛的
**잠시 후** 一會兒之後
**며칠** 幾號
**그때** 那時
**생일 파티를 하다** 舉辦生日派對

---

● **小祕訣**

「축하합니다」由動詞「축하하다」（祝賀）與「-ㅂ니다」（正式場合語尾）結合
而成。

## 詞彙 1

### ◉ 한자 숫자 漢字數字

| 일 | 이 | 삼 | 사 | 오 |
|---|---|---|---|---|
| 一 | 二 | 三 | 四 | 五 |

| 육 | 칠 | 팔 | 구 | 십 |
|---|---|---|---|---|
| 六 | 七 | 八 | 九 | 十 |

### ◉ 월 月

| 일월 | 이월 | 삼월 | 사월 | 오월 | * 유월 |
|---|---|---|---|---|---|
| 一月 | 二月 | 三月 | 四月 | 五月 | 六月 |

| 칠월 | 팔월 | 구월 | * 시월 | 십일월 | 십이월 |
|---|---|---|---|---|---|
| 七月 | 八月 | 九月 | 十月 | 十一月 | 十二月 |

**小祕訣**

12個月當中，請留意「유월」（六月）及「시월」（十月）的寫法及唸法。

## ○ 일 日

| 일 일 | 이 일 | 삼 일 | 사 일 | 오 일 |
|---|---|---|---|---|
| 一日 | 二日 | 三日 | 四日 | 五日 |

| 육 일 | 칠 일 | 팔 일 | 구 일 | 십 일 |
|---|---|---|---|---|
| 六日 | 七日 | 八日 | 九日 | 十日 |

| 십일 일 | 십이 일 | 십삼 일 | 십사 일 | 십오 일 |
|---|---|---|---|---|
| 十一日 | 十二日 | 十三日 | 十四日 | 十五日 |

| 십육 일 | 십칠 일 | 십팔 일 | 십구 일 | 이십 일 |
|---|---|---|---|---|
| 十六日 | 十七日 | 十八日 | 十九日 | 二十日 |

| 이십일 일 | 이십이 일 | 이십삼 일 | 이십사 일 | 이십오 일 |
|---|---|---|---|---|
| 二十一日 | 二十二日 | 二十三日 | 二十四日 | 二十五日 |

| 이십육 일 | 이십칠 일 | 이십팔 일 | 이십구 일 | 삼십 일 |
|---|---|---|---|---|
| 二十六日 | 二十七日 | 二十八日 | 二十九日 | 三十日 |

**發音規則**

「십육」唸作 [ 심뉵 ]，此為「ㄴ添加」規則。當數字六「육」前方為子音「ㅂ」時，「육」會唸作 [ 뉵 ]，而「ㅂ」因為受到「ㄴ」的影響，發音會變為 [ ㅁ ]。

## 요일 星期

| 韓文 | 일요일 | 월요일 | 화요일 | 수요일 | 목요일 | 금요일 | 토요일 |
|------|--------|--------|--------|--------|--------|--------|--------|
| 漢字 | 日曜日 | 月曜日 | 火曜日 | 水曜日 | 木曜日 | 金曜日 | 土曜日 |
| 中文 | 星期日 | 星期一 | 星期二 | 星期三 | 星期四 | 星期五 | 星期六 |

## 文法 1-1

### ◎ 이거는 [ 그거는 , 저거는 ] N 예요 / 이에요

　　此文法中譯為「這個（那個、那個）是……」。其中「이거」為「這個」，當指示的物品離說話者近時使用；而「그거」與「저거」意思都是「那個」，當物品離聽話者近時使用「그거」，當物品離說話及聽話者皆遠時則使用「저거」。

- **가 :** 이거는 **뭐예요?**
  **나 :** 그거는 **한국어 책**이에요**.**

　這個是什麼？
　那個是韓文書。

- **가 :** 그거는 **한국 요리예요?**
  **나 :** 아니요**.** 그거는 **중화요리**예요**.**

　那個是韓國料理嗎？
　不。那個是中華料理。

- **가 :** 저거는 **뭐예요?**
  **나 :** 그거는 **아침밥**이에요**.**

　那個是什麼呢？
　那個是早餐。

---

**[ 新詞彙 ]**

중화요리　中華料理

---

**小祕訣**

請留意「이거 / 그거 / 저거」及「예요 / 이에요」為非正式場合用語，如遇正式場合必須改變用詞為「이것 / 그것 / 저것」及「입니까 / 입니다」。

• 가 : 이것은 **무엇입니까?**　　　　　　　　　　　這個是什麼？

　나 : 그것은 **한국어 책입니다.**　　　　　　　　　那個是韓文書。

• 가 : 저것은 **무엇입니까?**　　　　　　　　　　　那個是什麼呢？

　나 : 그것은 **아침밥입니다.**　　　　　　　　　　那個是早餐。

---

**小祕訣** ─────────────────────────────

欲詢問某個東西用韓文如何表達時，可以說「이거는 한국어로 뭐예요?」，意思是「這個用韓文怎麼說？」

---

• 가 : 이거는 **한국어로 뭐예요?**　　　　　　　　這個用韓文怎麼說？

　나 : **책이에요.**　　　　　　　　　　　　　　　是「책」（書）。

• 가 : 그거는 **한국어로 뭐예요?**　　　　　　　　那個用韓文怎麼說？

　나 : **잡지예요.**　　　　　　　　　　　　　　　是「잡지」（雜誌）。

| **[新詞彙]** |
| --- |
| **한국어로** 用韓文 |
| （「N 로」表示使用的手段、工具或方法） |
| **잡지** 雜誌 |

## 文法 1-2

### ○ 날짜와 요일

這裡要學習的是「日期和星期」的表現方式。表達「某月某日」時,要使用漢字數字結合「월」(月)、「일」(日)。「며칠」(幾號)主要用於詢問日期,「언제」(何時)則可用於詢問時間點。「무슨」(什麼)結合「요일」(曜日)時,可用來詢問星期幾。

**[新詞彙]**

**수능** 為韓國大學入學考試,「대학수학능력시험」(大學修學能力測驗)的簡稱,等同台灣的學測、指考

**한글날** 韓文日

**한국어 수업** 韓文課

- 가 : 오늘이 **며칠**이에요?
  나 : **칠월 사 일**이에요.

今天是幾號呢?
是七月四日。

- 가 : 수능이 **언제**예요?
  나 : **십일월 십칠 일**이에요.

學測(指考)是什麼時候呢?
是十一月十七日。

- 가 : 생일이 **며칠**이에요?
  나 : **유월 육 일**이에요.

生日是幾月幾日呢?
是六月六日。

- 가 : 한글날이 **언제**예요?
  나 : **시월 구 일**이에요.

韓文日是什麼時候呢?
是十月九日。

- 가 : 오늘 **무슨 요일**이에요?
  나 : **금요일**이에요.

今天是星期幾?
是星期五。

- 가 : 한국어 수업이 목요일이에요?

  나 : 아니요. 수요일이에요.

韓文課是星期四嗎？

不。是星期三。

---

☞ **小祕訣** ──────────

「월화드라마」（月火劇）是指在週一、週二播出的電視劇，而「수목드라마」（水木劇）為週三、週四播出的電視劇。

## 1. 請參照範例，並看月曆回答問題。

| 달력 | | | | | | |
|---|---|---|---|---|---|---|
| 일 | 월 | 화 | 수 | 목 | 금 | 토 |
| | | | | 1<br>오늘 | 2<br>시험 | 3<br>아르바이트 |
| 4<br>영화 | 5 | 6<br>생일 | 7<br>한국어 수업 | 8 | 9 | 10<br>아르바이트 |

[보기] 가 : 언제 시험을 봐요?

　　　　나 : <u>금요일이에요.</u>

[ 新詞彙 ]

달력 月曆

(1) 　　가 : 생일이 며칠이에요?

　　　　나 : _____.

(2) 　　가 : 한국어 수업이 무슨 요일이에요?

　　　　나 : _____.

(3) 　　가 : 토요일에 뭐 해요?

　　　　나 : _____.

(4) 　　가 : 일요일에 뭐 해요?

　　　　나 : _____.

(5) 　　가 : 오늘 며칠이에요?

　　　　나 : _____.

(6) 　　가 : 오늘 무슨 요일이에요?

　　　　나 : _____.

## ○ 2. 請參照範例，並看圖填入正確的字詞

[ **新詞彙** ]

**연필** 鉛筆
**가방** 包包
**카메라** 相機
**볼펜** 原子筆

[보기] 가 : 이거는 뭐예요?

　　　 나 : <u>한국어 책이에요.</u>

　(1)

가 : 이거는 뭐예요?

나 : _____. (연필)

　(2)

가 : 이거는 뭐예요?

나 : _____. (가방)

(3)

가 : 그거는 뭐예요?

나 : _____. (사전)

(4)

가 : _____?

나 : _____. (카메라)

(5)

가 : _____ 연필이에요?

나 : 아니요. _____. (볼펜)

(6)

가 : _____사전이에요?

나 : 아니요. _____. (책)

## 情境與對話 2

● **토마스** : 십일월 오 일에 시간이 있어요?

● **지 은** : 오 일이 무슨 요일이에요?

● **토마스** : 수요일이에요.

● **지 은** : 무슨 일이 있어요?

● **토마스** : 수요일에 동아리 행사가 있어요.
지은 씨 같이 가요?

● **지 은** : 아, 미안해요.
수요일에는 한국어 수업이 있어요.

**[ 新詞彙 ]**

시간 時間

## 詞彙 2

### ● 각종 수업  各種課程

| | | |
|---|---|---|
| **수업**<br>課程 | **수학 수업**<br>數學課 | **영어 수업**<br>英語課 |
| **역사 수업**<br>歷史課 | **미술 수업**<br>美術課 | **음악 수업**<br>音樂課 |
| **물리 수업**<br>物理課 | **화학 수업**<br>化學課 | **자습**<br>自習 |
| **체육 수업**<br>體育課 | **과외 수업**<br>課外輔導 | **동아리 행사**<br>社團活動 |

## 학용품  學習用品

**공책**
筆記本

**교통카드**
交通卡

**학생증**
學生證

**휴지**
衛生紙

**핸드폰**
手機

**지우개**
橡皮擦

**\* 시계**
鐘；錶

**수정테이프**
修正帶

**안경**
眼鏡

**우산**
雨傘

**지도**
地圖

**모자**
帽子

**컴퓨터**
電腦

**텀블러**
保溫杯

**수업 강의 노트**
上課筆記

**發音規則** 「시계」唸作 [ 시게 ]，當「ㄱ」遇到「ㅖ」時，會唸作 [ 게 ]。

**文法 2-1**

## ● N 이 / 가 있어요 [ 없어요 ]

此文法中譯為「有（沒有）……」。當名詞與「이 / 가 있어요」結合使用時，表示「有……」，而與「이 / 가 없어요」結合使用時，則表示「沒有……」。當名詞以母音結尾時會接「가」，當名詞以子音結尾時則會接「이」。

- 가 : 내일 시간이 있어요?         明天有空嗎？
  나 : 네, 무슨 일이에요?         有，是什麼事呢？

- 가 : 한국 친구가 있어요?         有韓國朋友嗎？
  나 : 아니요. 없어요.         不。沒有。

- 가 : 과외 수업이 있어요?         有課外輔導課嗎？
  나 : 네, 있어요.         是的，有。

- 오늘 한국어 수업이 있어요.         今天有韓文課。
  그리고 영어 수업도 있어요.         還有英文課。

- 가 : 학생증이 있어요?         有學生證嗎？
  나 : 네, 여기 있어요.         有，在這裡。

- 가 : 수정테이프가 있어요?         有修正帶嗎？
  나 : 아니요. 없어요.         不。沒有。

### [ 新詞彙 ]

| 내일 明天 | 무슨 일 什麼事 |
| --- | --- |

## 文法 2-2

### ◯ N 에

「에」為接續在時間後方的助詞，意思是「在（時間）」。可接在年、月、日或星期等時間點後方，但一般不和「오늘」（今天）、「내일」（明天）、「어제」（昨天）、「매일」（每日）等一起使用。

- 가 : 이번 주말에 시간이 있어요?　　這個週末有空嗎？
  나 : 네, 시간이 있어요.　　是的，有空。

- 가 : 여기 일요일에 쉬어요?　　這裡禮拜天休息嗎？
  나 : 아니요. 저희는 월요일에 쉽니다.　　不。我們週一休息。

- 가 : 크리스마스에 뭐 해요?　　聖誕節要做什麼？
  나 : 도서관에서 시험 준비를 해요.　　要在圖書館準備考試。

- 가 : 주말에 무슨 계획이 있어요?　　週末有什麼計畫呢？
  나 : 아니요. 없어요.　　不。沒有。

[ 新詞彙 ]

| | |
|---|---|
| 이번 주말 這個週末 | 크리스마스 聖誕節 |
| 여기 這裡 | 계획 計畫 |
| 저희 我們（謙稱） | |

**小祕訣**

在對話中，再次提及同一時間點或欲強調某時間點時，會在該時間後方接「에는」，如此語氣較為自然。

- 가 : 주말에 시간이 있어요?　　　週末有空嗎？
  나 : 아니요. 주말에는 아르바이트를 해요.　　不。週末要打工。

- 가 : 토요일에 뭐 해요?　　　週六要做什麼？
  나 : 토요일에는 집에서 쉬어요.　　週六要在家休息。

## 小試身手 2

### ◯ 1. 請參照範例，寫出自己一週的課表。

[보기] 수업 시간표

|   | 월 | 화 | 수 | 목 | 금 | 토 |
|---|---|---|---|---|---|---|
| 1 | 한국어 | 물리 | 영어 | 역사 | 미술 | 물리 |
| 2 | 영어 | 역사 | 체육 | 자습 | 한국어 | 수학 |
| 3 | 수학 | 한국어 | 물리 | 물리 | 역사 | 한국어 |
| 4 | 음악 | 수학 | 역사 | 한국어 | 물리 | 음악 |
| 5 | 역사 | 미술 | 한국어 | 영어 | 수학 |  |
| 6 | 물리 | 영어 | 화학 | 수학 | 영어 |  |
| 7 |  | 화학 | 수학 | 체육 | 화학 |  |

## 제 수업 시간표

|   |   |   |   |   |   |   |
|---|---|---|---|---|---|---|
| 1 |  |  |  |  |  |  |
| 2 |  |  |  |  |  |  |
| 3 |  |  |  |  |  |  |
| 4 |  |  |  |  |  |  |
| 5 |  |  |  |  |  |  |
| 6 |  |  |  |  |  |  |
| 7 |  |  |  |  |  |  |

## 2. 請參照範例，並利用提示字詞完成句子。

[보기] <u>음악 수업이 있어요</u>. (음악 수업)

(1) _____. (동아리 행사)

(2) _____. (공책)

(3) _____. (지우개)

(4) _____. (휴지)

(5) _____. (교통카드)

(6) _____. (연필)

## 3. 請參照範例，並利用提示字詞完成句子。

[보기] 가 : <u>체육 수업이 있어요?</u> (체육 수업)

　　　　나 : 네, <u>체육 수업이 있어요</u>.

(1) 가 : _____? (한국 지도)

　　나 : 네, _____.

(2) 가 : _____? (시계)

　　나 : 네, _____.

(3) 가 : _____? (우산)

　　나 : 아니요. _____.

(4) 가 : _____? (모자)

　　나 : 아니요. _____.

## ◎ 4. 請參照範例，並看月曆完成句子。

| 달력 | | | | | | |
|---|---|---|---|---|---|---|
| 일 | 월 | 화 | 수 | 목 | 금 | 토 |
| | | 1 | 2 | 3 | 4 | 5 |
| 6<br>생일 파티 | 7<br>동아리 행사 | 8<br>과외 수업 | 9<br>휴가 | 10<br>수학<br>수업 | 11<br>영어<br>시험 | 12<br>약속 |

[보기] <u>수요일에 휴가가 있어요.</u> (수요일)

(1) _____. (일요일)

(2) _____. (월요일)

(3) _____. (화요일)

(4) _____. (목요일)

(5) _____. (금요일)

(6) _____. (토요일)

[ 新詞彙 ]

**약속** 約會
**휴가** 休假

## ● 1. 聽力與會話 ▶ MP3-37

請根據聽到的內容選擇正確答案

(　　) (1) 수학 시험이 언제예요?

　　　①월요일　　②화요일　　③수요일　　④금요일

(　　) (2) 맞는 것을 고르세요.

　　　①월요일에 수학 시험이 있어요.

　　　②여자는 강의 노트가 없어요.

　　　③화요일에 수학 수업이 있어요.

　　　④남자는 강의노트가 있어요.


## ● 2. 情境會話練習 ▶ MP3-38

(1) 가 : 오늘 며칠이에요?

　　나 : _____.

(2) 가 : 오늘 무슨 요일이에요?

　　나 : _____.

(3) 가 : 생일이 언제예요?

　　나 : _____.

(4) 가 : 한국어 수업이 무슨 요일이에요?

　　나 : _____.

(5) 가 : 이거는 책이에요?

　　나 : _____.

(6) 가 : 오늘 과외 수업이 있어요?

　　나 : _____.

(7) 가 : 월요일에 체육 수업이 있어요?

　　나 : _____.

(8) 가 : 이번 주말에 시간이 있어요?

　　나 : _____.

## ◎ 3. 閱讀與寫作

민수 씨
오랜만이에요.
잘 지내요?
이번 주 토요일에 시간이 있어요?
토요일에는 동아리 행사가 있어요.
이거는 제 라인 아이디예요.
Line ID: parrot0316 연락 주세요.

영미

**[ 新詞彙 ]**

**오랜만이에요** 好久不見
**잘 지내다** 過得好
**이번 주** 這週
**라인 아이디** Line ID
**연락 주세요** 請和我聯絡

## 韓翻中練習

1    明秀 好久不見。

2

3

4

5

6    請和我聯絡。　英美

### 請利用本課學習的內容,練習寫一封信函

1

2

3

4

5

6

　　韓國的學測稱為「수능」（修能），是「대학수학능력시험」（大學修學能力測驗）的簡稱，一般在每年11月的第三週週四舉行，考試科目包括語文、數學、外語、社會、科學共五門。考試當天，為讓考生們皆能順利抵達考場，上班族們會晚一小時上班，股市亦會延後開市及提早閉市。最特別的是，在進行英語聽力考試時段時，還會實行航空管制，採取禁止飛機起飛及降落等措施。

　　祝賀考試合格的韓文是「시험에 붙다」，片語中的動詞「붙다」具有「黏、貼」之意，因此一般想祝賀考生能順利考上，就會送「엿」（麥芽糖）或「떡」（年糕）這些具有黏性的食物。

　　通常會這樣為考生們加油打氣：

| | |
|---|---|
| 1. 힘을 내요! | 加油！ |
| 2. 합격파워 | 合格power |
| 3. 한방에 합격 | 一次就合格 |
| 4. 수능대박 | 學測大發 |
| 5. 초고속 패스 | 超高速pass |
| 6. 장원급제 | 狀元及第 |
| 7. 붙어라! | 考上吧！ |

## 文法 1-1 이거는 [ 그거는 , 저거는 ] N 예요 / 이에요

| 情境 | 這個／那個／那個 | 是 | 什麼 |
|------|------------------|-----|------|
| 非正式場合 | 이거 / 그거 / 저거 | 예요 / 이에요 | 뭐 |
| 正式場合 | 이것 / 그것 / 저것 | 입니까 / 입니다 | 무엇 |

(1) 가 : 이거는 뭐예요?

　　나 : 그거는 공책이에요.

(2) 가 : 저것은 무엇입니까?

　　나 : 그것은 수정테이프입니다.

## 文法 1-2 날짜와 요일

(1) 가 : 며칠이에요?

　　나 : 유월 육 일이에요.

(2) 가 : 생일이 언제예요?

　　나 : 시월 십 일이에요.

(3) 가 : 한국어 수업이 무슨 요일이에요?

　　나 : 수요일이에요.

## ◎ 文法 2-1 N 이 / 가 있어요 [ 없어요 ]

| | | |
|---|---|---|
| 수업 | 이 | 있어요 / 없어요 |
| 약속 | | |
| 시험 | | |
| 행사 | 가 | 있어요 / 없어요 |
| 지우개 | | |
| 휴가 | | |

## ◎ 文法 2-2 N 에

(1) 시월 구 일에 한글날 행사가 있어요.

(2) 주말에 친구를 만나요.

(3) 목요일에 체육 수업이 있어요.

* (4) 오늘 시간이 있어요.

* (5) 내일 시간이 있어요?

## 情境與對話 1

智　恩：這個是什麼蛋糕？

湯瑪士：俊碩的生日蛋糕。

智　恩：俊碩生日快樂！

俊　碩：謝謝！

湯瑪士：來，我們一起唱生日快樂歌。一、二、三、四……

全　體：祝你生日快樂！

　　　　祝你生日快樂！

　　　　親愛的俊碩

　　　　祝你生日快樂！

（一會兒之後）

俊　碩：智恩生日是幾月幾日？

智　恩：是十一月五日。

俊　碩：到時一起舉辦智恩的生日派對。


## 情境與對話 2

湯瑪士：十一月五日有空嗎？

智　恩：五日是星期幾？

湯瑪士：是星期三。

智　恩：有什麼事嗎？

湯瑪士：週三有社團活動。

　　　　智恩要一起去嗎？

智　恩：啊！不好意思。

　　　　週三有韓文課。

# 제 4 과
# 여기가 어디예요 ?

第 4 課 這裡是哪裡呢 ?

# 여기가 우리 학교예요.

# 편의점에 가요.

**情境與對話 1**

◉ **토마스 :** 여기가 어디예요?

◉ **지 은 :** 여기가 우리 학교 행복 고등학교예요.

◉ **토마스 :** 아, 지은 씨 학교는 공원 옆에 있어요.

◉ **지 은 :** 토마스 씨 학교가 어디예요?

◉ **토마스 :** 우체국 근처에 있어요.

◉ **지 은 :** 우리 다음에 토마스 씨 학교에 가요.

◉ **토마스 :** 그래요. 다음에 같이 가요.

---

**[ 新詞彙 ]**

**행복** 幸福
**고등학교** 高中
**근처** 附近
**다음에 (다음＋에)** 下回
**그래요** 好

詞彙 1

## ◎ 장소 (2) 場所 (2)

**가게**
商店

**서점**
書店

**은행**
銀行

**화장실**
廁所

**우체국**
郵局

**약국**
藥局

**병원**
醫院

**공항**
機場

**영화관**
電影院

## ● 위치 位置

**앞**
前

**뒤**
後

**옆**
旁邊

**밑**
下面；底

**위**
上面

**아래**
下面

**안**
裡面

**위층**
樓上

**아래층**
樓下

## ● 여기가 N 예요 / 이에요

　　此句型中的名詞為某個場所或地點，中譯為「這裡是……」。「여기」是指離說話者近的「這裡」，「거기」是指離聽話者近的「那裡」，而「저기」則是指離說話者及聽話者皆遠的「那裡」。

• 여기가 **인천공항 제1여객터미널**이에요.　　這裡是仁川機場第1航廈。

• 거기가 **출입국 서비스 센터**예요.　　那裡是出入境服務中心。

• 가 : 여기가 **어디**예요?　　這裡是哪裡？
　나 : **우체국**이에요.　　是郵局。

• 가 : 여기가 **동대문 시장**이에요?　　這裡是東大門市場嗎？
　나 : 네, **동대문 시장**이에요.　　是的，是東大門市場。

• 가 : 저기가 **어디**예요?　　那裡是哪裡？
　나 : **치킨 가게**예요.　　是炸雞店。

### [ 新詞彙 ]

제1여객터미널 第 1 航廈
출입국 서비스 센터 出入境服務中心
동대문 시장 東大門市場
치킨 가게 炸雞店

**小祕訣**
對話的人彼此已知或是先前提過的地點或場所，通常會以「거기」指稱。

- 가 : 저는 요즘 언어교육센터에서 일해요.　　我最近在語言教育中心工作。

  나 : 언어교육센터?　　　　　　　　　　　語言教育中心？

  　　 **거기가 어디예요?**　　　　　　　　　那裡是哪裡呢？


- 가 : **여기가** '소문난 삼계탕'　　　　　　這裡是「傳說中的人蔘雞」

  　　 **맛집이에요.**　　　　　　　　　　　美食店。

  나 : 네, **거기** 저도 알아요.　　　　　　是的，我也知道那裡。

 **文法比一比** ─────────────

物品與位置的指示代名詞

| 物品 | 位置 | 說明 |
|---|---|---|
| 뭐 / 무엇 什麼 | 어디 哪裡 | 疑問句中使用 |
| 이거 / 이것 這個 | 여기 這裡 | 離說話者近 |
| 그거 / 그것 那個 | 거기 那裡 | 離聽話者近，或曾提及過的內容 |
| 저거 / 저것 那個 | 저기 那裡 | 離說話者及聽話者皆遠 |

## 文法 1-2

### ● N 에 있어요 [ 없어요 ]

　　此句型中譯為「在（不在）……」。其中名詞為某個場所或地點，與「에 있어요」結合使用時，表示「在……」，而與「에 없어요」結合使用時，則表示「不在……」。

· 가 : 지금 집에 있어요?　　　　　　　現在在家嗎？
　나 : 아니요. 집에 없어요. 공항에 있어요.　不。不在家。在機場。

· 가 : 서점이 어디에 있어요?　　　　　書店在哪裡？
　나 : 서점은 영화관 옆에 있어요.　　書店在電影院旁。

· 가 : 영화관이 어디예요?　　　　　　電影院在哪裡？
　나 : 영화관은 위층에 있어요.　　　電影院在樓上。

· 가 : 약국이 어디에 있어요?　　　　藥局在哪裡？
　나 : 아래층에 있어요.　　　　　　在樓下。

· 가 : 우체국이 어디에 있어요?　　　郵局在哪裡？
　나 : 백화점 뒤에 있어요.　　　　　在百貨公司後面。

- 가 : 여기 화장실이 있어요?        這裡有洗手間嗎？
  나 : 네, 일 층에 있어요.        有的，在一樓。

- 가 : 휴지가 있어요?        有衛生紙嗎？
  나 : 네, 저기 책상 위에 있어요.        有的，在那邊書桌上。

[ 新詞彙 ]

~층 層（樓）

책상 書桌

 **文法比一比**

當名詞後方助詞為「이 / 가」，再結合「있어요 / 없어요」使用時，意思為「有……／沒有……」（參見第 3 課內容）。而本課名詞後方助詞為「에」，與「있어요 / 없어요」結合使用時，意思則為「在……／不在……」。

**1. 請參照範例，並看圖完成句子。**

[보기] 가 : 여기가 어디예요?

나 : <u>가게예요</u>.

(1)

가 : 여기가 어디예요?

나 : _____.

(2)

가 : 여기가 어디예요?

나 : _____.

(3)

가 : 거기가 어디예요?

나 : _____.

(4)

가 : 거기가 어디예요?

나 : _____.

(5)

가 : 저기가 _____?

나 : _____.

(6)

가 : _____?

나 : _____.

## 2. 請參照範例，並看圖完成句子。

[보기] 가 : 서점이 어디에 있어요?

　　　 나 : <u>커피숍 옆에 있어요</u>.

(1)

가 : 은행이 어디에 있어요?

나 : _____ .

(2)

가 : 우체국이 어디에 있어요?

나 : _____ .

(3)

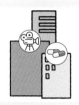

가 : 영화관이 어디에 있어요?

나 : _____.

(4)

가 : 병원이 어디에 있어요?

나 : _____.

(5)

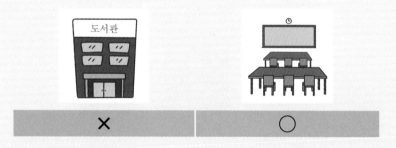

가 : 지금 도서관에 있어요?

나 : 아니요. _____. _____.

(6)

| × | ○ |
|---|---|

가 : 지금 어디에 있어요?

나 : _____. _____.

情境與對話 2

● **지　은** : 우산이 있어요?

● **토마스** : 네, 거기 책상 위에 있어요.

● **지　은** : 고마워요.

● **토마스** : 지금 어디에 가요?

● **지　은** : 집에 빵하고 우유가 없어요.
　　　　　 그래서 편의점에 가요.

● **토마스** : 그럼 저도 같이 가요.

[ **新詞彙** ]

그래서 所以

## 詞彙 2

● **아침식사 메뉴** 早餐菜單

**빵**
麵包

**샌드위치**
三明治

**토스트**
吐司

**햄버거**
漢堡

**주먹밥**
飯糰

**김밥**
紫菜飯捲

**우유**
牛奶

**아이스티**
冰紅茶

**아이스커피**
冰咖啡

**요구르트**
優酪乳

**핫초코**
熱巧克力

**주스**
果汁

**호빵**
包子

**찰떡**
糯米年糕

**샐러드**
沙拉

**키위**
奇異果

**바나나**
香蕉

**토마토**
番茄

## 文法 2-1

### ● N 에 가요 / 와요

此句型中名詞為某個場所或地點，其後方「에」為地點助詞，中譯為「去……／來……」。

- **오늘 친구들이 우리 집에 와요.**　　　今天朋友們要來我們家。

- **가 : 어디에 가요?**　　　去哪裡呢？
  **나 : 은행에 가요.**　　　去銀行。

- **가 : 지금 집에 가요?**　　　現在要回家嗎？
  **나 : 아니요. 서점에 가요.**　　　不。要去書店。

- **저는 화요일 저녁에 케이팝 수업에 가요.**　　　我週二傍晚要去上K-POP課。

[ **新詞彙** ]

**저녁** 傍晚
**케이팝**（K-POP）韓國流行樂
**수업에 가다** 上課

### 文法比一比

1. 「N 에」表達「來或去某個場所或地點」
2. 「N 에서」表達「在某場所或地點做某事」

**(1) 커피숍에 가요.**　　　　　　　　去咖啡廳。
　　**커피숍에서 주스를 마셔요.**　　在咖啡廳喝果汁。

**(2) 학교에 와요.**　　　　　　　　來學校。
　　**학교에서 공부해요.**　　　　在學校讀書。

**(3) 시장에 가요.**　　　　　　　　去市場。
　　**시장에서 옷을 사요.**　　　　在市場買衣服。

**(4) 공원에 와요.**　　　　　　　　來公園。
　　**공원에서 운동해요.**　　　　在公園運動。

### 文法比一比

**여기가 N 예요 / 이에요**
여기가 영화관이에요 . 這裡是電影院。

**N 에 있어요 / 없어요**
지금 집에 없어요 . 영화관에 있어요 . 現在不在家。在電影院。

**N 에 가요 / 와요**
친구는 우리 집에 와요 . 朋友要來我們家。
동생은 영화관에 가요 . 妹妹要去電影院。

**N 에서**
영화관에서 영화를 봐요 . 在電影院看電影。

## 文法 2-2

### ◉ N₁ 하고 N₂ ; N₁ 와 / 과 N₂ ; N₁ 랑 / 이랑 N₂

表現名詞與名詞結合的文法，意思是「……和……」。有三種常見的型態，口語中常使用的是「名詞하고 名詞」及「名詞랑 / 이랑 名詞」，正式場合及書面寫作中常使用的則是「名詞과 / 와 名詞」。名詞與文法結合的使用規則請見下表：

| N₁ 하고 N₂<br>〈口語〉 | 無論名詞是否有尾音，皆與「하고」結合使用 | 호빵하고 아이스티<br>아이스티하고 호빵 |
|---|---|---|
| N₁ 와 / 과 N₂<br>〈正式、書面〉 | (1) 沒有尾音的名詞，要與「와」結合使用<br>(2) 有尾音的名詞，要與「과」結合使用 | 주스와 김밥<br><br>김밥과 주스 |
| N₁ 랑 / 이랑 N₂<br>〈口語〉 | (1) 沒有尾音的名詞，要與「랑」結合使用<br>(2) 有尾音的名詞，要與「이랑」結合使用 | 우유랑 주먹밥<br><br>주먹밥이랑 우유 |

- 가 : 아침 뭘 먹어요?　　　　　　　早餐要吃什麼？
  나 : 주먹밥하고 요구르트를 먹어요.　吃飯糰和優酪乳。

- 빵이랑 샌드위치를 사요.　　　　　　買麵包和三明治。

- 여기 핫초코랑 아이스커피가 있어요?　這裡有熱巧克力和冰咖啡嗎？

- 사진 속 사람은 저와 동생입니다.　　照片中的人是我和弟弟。

- 이것은 찰떡과 김밥입니다.　　　　　這個是糯米年糕和紫菜飯捲。

---

**[ 新詞彙 ]**

**사진 속** 照片中

**1. 請參照範例，並看圖在空格中填入適當的答案。**

[보기] 가 : 어디에 가요?

　　　나 : <u>공항에 가요</u>.

(1)

가 : 어디에 가요?

나 : _____.

(2)

가 : 어디에 가요?

나 : _____.

(3)

가 : 어디에 가요?

나 : _____.

(4)

가 : 어디에 가요?

나 : _____.

(5)

BANK

가 : _____?
나 : _____에 가요.
가 : 거기에서 뭐 해요?
나 : _____.
　　(돈을 찾다)

(6)

가 : _____?
나 : _____에 가요.
가 : 거기에서 뭐 해요?
나 : _____.
　　(책을 사다)

(7)

가 : _____?
나 : _____.
가 : 거기에서_____?
나 : _____.
　　(옷을 사다)

(8)

가 : _____?
나 : _____.
가 : _____?
나 : _____.
　　(영화를 보다)

[ 新詞彙 ]

돈을 찾다 領錢

**2. 請參照範例，並看圖在空格中填入適當答案。**

[보기] 김밥하고 키위 (이 / 가) 있어요.

(1)

_____ (랑/이랑) _____ (이/가) 있어요.

(2)

_____ (랑/이랑) _____ (이/가) 있어요.

(3)

저것은 _____(와/과) _____(이/가) 있어요.

(4)

이것은 _____(와/과) _____(예요/이에요).

(5)

_____하고 _____(예요/이에요).

(6)

_____하고 _____(예요/이에요).

(7)

_____(와/과) _____(를/을) 좋아해요.

(8)

_____(랑/이랑) _____(를/을) 좋아해요.

## ● 1. 聽力與會話 ▶ MP3-47

請根據聽到的內容，選擇正確答案。

[ 新詞彙 ]

**특가 행사** 特價活動
**요리책** 料理書
**그림책** 畫冊

( 　 ) (1) 여자는 어디에 가요?

　　　 ①집 　　　 ②서점

　　　 ③백화점 　　 ④약국

( 　 ) (2) 맞는 것을 고르세요.

　　　 ①남자와 여자는 이따 서점에 가요.

　　　 ②남자는 지금 집에 있어요.

　　　 ③여자는 특가 행사를 해요.

　　　 ④여자는 서점에서 책을 사요.

## ● 2. 情境會話練習 ▶ MP3-48

(1) 　 가 : 여기가 어디예요?

　　　 나 : _____.

(2) 　 가 : 학교가 어디예요?

　　　 나 : _____.

(3) 　 가 : 지금 어디에 있어요?

　　　 나 : _____.

(4) 　 가 : 교실이 몇 층에 있어요?

　　　 나 : _____.

(5) 가 : 이번 주말에 집에 있어요?

　　　나 : _____.

(6) 가 : 토요일에 학교에 와요?

　　　나 : _____.

(7) 가 : 오늘 학원에 가요?

　　　나 : _____.

(8) 가 : 아침 월 먹어요?

　　　나 : _____.

## ◉ 3. 閱讀與寫作

토마스 블로그

> 여기는 우리 학교예요.
>
> 우리 학교는 시장 근처에 있어요.
>
> 저는 매일 아침에 시장에 가요.
>
> 거기에서 아침을 먹어요.
>
> 저는 찰떡하고 호빵을 제일 좋아해요.

## 韓翻中練習

湯瑪士部落格

1

2

3

4

5

請利用本課學習的內容，練習寫一篇介紹文。

1

2

3

4

5

## 遊韓國小常識——如何辦理韓國自動通關
## （Smart Entry Service, 簡稱 SES）

自台韓2018年6月簽訂「台韓互惠使用自動通關瞭解備忘錄」後，出入境韓國皆可使用韓國自動通關，經過指紋及人臉辨識，毋須再走人工審查通道。

**申請資格、文件：**

- 年滿 17 歲以上
- 持中華民國電子晶片護照（有效日期必須 6 個月以上）
- 造訪韓國目的是旅遊、出差
- 在韓國無犯罪等不良紀錄

**自動通關程序：**

| 將護照相片頁置於讀取機上 | 門開啓後，進入第一道閘門 | 將手指輕放在指紋機上感應 | 注視鏡頭，進行人臉辨識 | 通過第二道門，完成通關 |
|---|---|---|---|---|

詳細韓國入境自動通關資訊請參考：

https://www.hikorea.go.kr/ses/SesUseStepR.pt

## ◎ 文法 1-1 여기가 N 예요 / 이에요

(1) 가 : 여기가 어디예요?

　　나 : 우체국이에요.

(2) 가 : 거기가 동대문 시장이에요?

　　나 : 네, 동대문 시장이에요.

(3) 가 : 저기가 어디예요?

　　나 : 치킨 가게예요.

## ◎ 文法 1-2 N 에 있어요 [ 없어요 ]

(1) 공원 앞에 있어요.

(2) 가 : 우유하고 샌드위치가 어디에 있어요?

　　나 : 책상에 있어요.

(3) 가 : 어디에 있어요?

　　나 : 지금 집에 없어요. 학원에 있어요.

## ◎ 文法 2-1 N 에 가요 / 와요

(1) 가 : 어디에 가요?

　　나 : 은행에 가요.

(2) 가 : 지금 집에 가요?

　　나 : 아니요. 서점에 가요.

(3) 저는 화요일 저녁에 케이팝 수업에 가요.

## ◎ 文法 2-2　N₁ 하고 N₂ ; N₁ 와 / 과 N₂ ; N₁ 랑 / 이랑 N₂

| N₁하고 N₂<br><口語> | 사랑하고 감사<br>감사하고 사랑 |
|---|---|
| N₁와 / 과 N₂<br><正式、書面> | 감사와 사랑<br>사랑과 감사 |
| N₁랑 / 이랑 N₂<br><口語> | 감사랑 사랑<br>사랑이랑 감사 |

**[ 新詞彙 ]**

**사랑** 愛、愛情

## 情境與對話 1

湯瑪士：這裡是哪裡呢？

智　恩：這裡是我們學校幸福高中。

湯瑪士：啊！智恩的學校在公園旁邊。

智　恩：湯瑪士的學校在哪裡？

湯瑪士：在郵局附近。

智　恩：我們下回去湯瑪士的學校。

湯瑪士：好。下回一起去。

## 情境與對話 2

智　恩：有雨傘嗎？

湯瑪士：有的，在那邊的書桌上。

智　恩：謝謝。

湯瑪士：現在要去哪裡呢？

智　恩：家裡沒有麵包和牛奶。

　　　　所以要去便利商店。

湯瑪士：那麼我也一起去。

# 제 5 과
# 여기 뭐가 맛있어요 ?

第 5 課 這裡什麼好吃呢？

## 學習目標

**1. 형용사와 부사 , 단위와 가격에 관련된 어휘와 표현**
形容詞和副詞，單位和價格相關的詞彙及表現

**2. 식당 음식 이야기해 보기와 물건 사기**
試著談論餐廳的食物及買東西

# 냉면이 맛있어요.

# 딸기하고 사과 주세요.

### 情境與對話 1

💬 **토마스** : 여기 뭐가 맛있어요?

💬 **지　은** : 지난번에 냉면하고 비빔밥을 먹었어요.
　　　　　　토마스 씨 냉면을 먹어요.
　　　　　　여기 냉면이 맛있어요.

💬 **토마스** : 네, 좋아요.
　　　　　　너무 기대돼요.
　　　　　　지은 씨는 뭐 먹어요?

💬 **지　은** : 저는 김치찌개를 먹어요.
　　　　　　그럼, 우리 냉면 한 그릇하고 김치찌개
　　　　　　일 인분 시켜요.

---

**[ 新詞彙 ]**

**지난번** 上次
**냉면** 冷麵
**기대되다** 期待
**김치찌개** 泡菜鍋
**일 인분** 一人份
**시키다** 點（餐點）

## 詞彙 1

### ◎ 형용사 ( 상태동사 ) 形容詞 （狀態動詞）

| 맛있다 | 맛없다 | 좋다 |
|---|---|---|
| 好吃的 | 不好吃的 | 好的 |

| 달다 | 시다 | * 싫다 |
|---|---|---|
| 甜的 | 酸的 | 不喜歡的 |

| 싸다 | 비싸다 | * 복잡하다 |
|---|---|---|
| 便宜的 | 貴的 | 複雜的、擁擠的 |

| 재미있다 | 재미없다 | 간단하다 |
|---|---|---|
| 有趣的 | 無趣的 | 簡單的 |

| * 많다 | 적다 | * 부족하다 |
|---|---|---|
| 多的 | 少的 | 不夠的 |

**發音規則**

1. 「싫다」唸作 [ 실타 ]，此為「激音化」規則。當「ㅎ」遇見「ㄷ」時，兩者會結合成為 [ ㅌ ] 來發音。另外，「많다」同樣也會唸作 [ 만타 ]。
2. 「복잡하다」唸作 [ 복짜파다 ]，此為「硬音化」規則。變音規則為當「ㄱ」遇見「ㅈ」時，會使「ㅈ」讀作 [ ㅉ ]。另外，當「ㅂ」遇見「ㅎ」時，兩者會結合成為 [ ㅍ ] 來發音，此為「激音化」規則。
3. 「부족하다」唸作 [ 부조카다 ]，此為「激音化」規則。當「ㄱ」遇見「ㅎ」時，兩者會結合成為 [ ㅋ ] 來發音。

## ● 부사 副詞

| | | |
|---|---|---|
| **가장**<br>最 | **너무**<br>太、非常 | **정말**<br>真正地 |
| **아주**<br>非常 | **진짜**<br>真正地 | **일찍**<br>早、提早 |
| **\* 많이**<br>多多地 | **참**<br>真 | **푹**<br>熟（睡） |

| 發音<br>規則 | 「많이」唸作 [ 마니 ]，此為「ㅎ脫落」規則。當「ㅎ」遇見「ㅇ」時，兩者皆不發音，因此會由尾音左邊的「ㄴ」與「이」進行連音成為 [ 니 ]。 |
|---|---|

## ● N 이 / 가 A- 아요 / 어요

此句型為形容詞敘述句，用於描述名詞的狀態、性質或特色等。在此句型中，當名詞為子音結尾時，後方須接助詞「이」，相對地，當名詞為母音結尾時，則接助詞「가」。

形容詞變化如第二課曾介紹過的「요形」，當形容詞原形為「하다」結尾時，「하다」要改為「해요」；若形容詞原形語尾為「다」，且前方有母音「ㅏ」或「ㅗ」時，要去掉「다」後再接上「아요」；其它情形則接上「어요」。

| 原形 | 規則 | 아요 / 어요 / 해요 |
|---|---|---|
| 복잡하다 複雜、擁擠的 | 하다結尾<br>→ 하다改為해요 | 복잡하다＋해요 → 복잡해요 |
| 간단하다 簡單的 | | 간단하다＋해요 → 간단해요 |
| 부족하다 不夠的 | | 부족하다＋해요 → 부족해요 |
| 비싸다 貴的 | 다前方為ㅏ或ㅗ<br>→ 去掉다再接아요 | 비싸다＋아요 → 비싸요 |
| 많다 多的 | | 많다＋아요 → 많아요 |
| 달다 甜的 | | 달다＋아요 → 달아요 |
| 맛있다 好吃的 | 其它情況<br>→ 去掉다再接어요 | 맛있다＋어요 → 맛있어요 |
| 적다 少的 | | 적다＋어요 → 적어요 |
| 재미없다 無趣的 | | 재미없다＋어요 → 재미없어요 |

- **냉면**이 **정말 맛있**어요.　　　　冷麵真好吃。

- **오렌지**가 **너무 달**아요.　　　　柳丁非常甜。

- **길**이 **복잡**해요.　　　　道路擁塞。

- **드라마**가 **아주 재미있**어요.　　　　韓劇非常有趣。

- **영어 기말 시험**이 **간단**해요.　　　　英文期末考試簡單。

- **오늘 숙제**가 **진짜 많**아요.　　　　今天作業真多。

[ **新詞彙** ]

**오렌지** 柳丁
**길** 道路
**기말 시험** 期末考試

## ● V- 았 / 었

此文法為過去式的表現，中譯為「……了」、「……過」。以要形過去式為例，文法變化規則請參見下表：

| 原形 | 規則 | 았어요 / 었어요 / 했어요 |
|------|------|------------------------|
| 운동하다 運動 | 하다結尾<br>→ 하다改為했어요 | 운동~~하다~~＋했어요 → 운동했어요 |
| 준비하다 準備 | | 준비~~하다~~＋했어요 → 준비했어요 |
| 가다 去 | 다前方為ㅏ或ㅗ<br>→ 去掉다再接았어요 | 가~~다~~＋았어요 → 갔어요 |
| 오다 來 | | 오~~다~~＋았어요 → 왔어요 |
| 끝나다 結尾 | | 끝나~~다~~＋았어요 → 끝났어요 |
| 배우다 學習 | 其它情況<br>→ 去掉다再接었어요 | 배우~~다~~＋었어요 → 배웠어요 |
| 마시다 喝 | | 마시~~다~~＋었어요 → 마셨어요 |
| 먹다 吃 | | 먹~~다~~＋었어요 → 먹었어요 |

- 가 : 아침에 운동**했어요**?　　　　　　早上運動了嗎？
  나 : 네, 공원에서 운동**했어요**.　　　是，在公園運動了。

- 오늘 일찍 회사에 **갔어요**.　　　　　今天很早就去公司了。

- 가 : 이거 어디에서 **샀어요**?　　　　這個在哪裡買的？
  나 : 시장에서 **샀어요**.　　　　　　在市場買的。

- 가 : 어제는 왜 학교에 안 **왔어요?**　　　昨天為什麼沒來學校？
  나 : 일이 **있었어요.**　　　　　　　　　有事情。

- 가 : 회의 다 **끝났어요?**　　　　　　　會議都結束了嗎？
  나 : 네, 다 **끝났어요.**　　　　　　　是的，全結束了。

- 가 : 그동안 잘 **지냈어요?**　　　　　　那段期間過得好嗎？
  나 : 네, 잘 **지냈어요.**　　　　　　　是，過得很好。

---

🫐 小祕訣 ────────────────────────

「이다」（是）요形的過去式為「였어요 / 이었어요」。

- **저는 전에 요리사였어요.**　　　　　　　我之前是廚師。
- **친구는 승무원이었어요.**　　　　　　　朋友曾經是空服員。

| [ 新詞彙 ] | |
|---|---|
| **어제** 昨天 | **끝나다** 結束 |
| **일이 있다** 有事情 | **그동안** 那段期間 |
| **회의** 會議 | **전에 （전＋에）** 之前 |

> **發音規則**　　　「끝나다」唸作 [ 끈나다 ]，此為「子音同化」規則。尾音「ㅌ」原本應該唸作 [ ㄷ ]，當「ㄷ」遇見「ㄴ」時，「ㄷ」會變為 [ ㄴ ] 來發音。

## 1. 請參照範例，並看圖利用提示字詞完成句子。
   （複習現在式）

[보기] 숙제가 간단해요.(간단하다)

(1)

_____. (진짜 비싸다)

(2)

_____. (정말 재미있다)

(3)

_____. (맛있다)

(4)

_____. (싸다)

(5)

_____. (너무 달다)

(6)

_____. (아주 많다)

(7)

_____. (복잡하다)

## ○ 2. 請參照範例，將下列字詞改為現在式及過去式。

| 原形 | 現在式 | 過去式 |
| --- | --- | --- |
| [ 보기 ] 알다 | 알아요 | 알았어요 |
| (1) 자다 | | |
| (2) 쉬다 | | |
| (3) 먹다 | | |
| (4) 마시다 | | |
| (5) 배우다 | | |
| (6) 가르치다 | | |
| (7) 가다 | | |
| (8) 오다 | | |
| (9) 만들다 | | |
| (10) 내다 | | |
| (11) 끝나다 | | |
| (12) 공부하다 | | |
| (13) 보다 | | |
| (14) 읽다 | | |
| (15) 만나다 | | |
| (16) 지내다 | | |
| (17) 사다 | | |
| (18) 시키다 | | |
| (19) 가수이다 | | |
| (20) 승무원이다 | | |

## 3. 請參照範例，將句子改為過去式。

[보기] 학교에 가요.

→ <u>학교에 갔어요.</u>

(1) 백화점에서 모자를 사요.

→ _____.

(2) 공원에서 친구하고 같이 김밥을 먹어요.

→ _____.

(3) 서울에 살아요.

→ _____.

(4) 친구 집에서 생일 파티를 해요.

→ _____.

(5) 셀카 사진을 찍어요.

→ _____.

(6) 녹차를 마셔요.

→ _____.

**[ 新詞彙 ]**

**서울** 首爾
**살다** 住；生活
**셀카 사진을 찍다** 拍自拍照
**녹차** 綠茶

(7) 지은 씨를 만나요.

→ _____.

(8) 테니스를 배워요.

→ _____.

(9) 선생님이에요.

→ _____.

(10) 운동선수예요.

→ _____.

| **[ 新詞彙 ]** |
| --- |
| 테니스（tennis） 網球 |

## 情境與對話 2

지　은 : 이거는 한국어로 뭐예요?

사장님 : 딸기예요.

지　은 : 딸기는 한 박스에 얼마예요?

사장님 : 한 박스에 만 이천 원이에요.

지　은 : 사과가 맛있어요?

사장님 : 네, 요즘 사과가 맛있고 싸요.
　　　　다섯 개에 칠천 오백 원이에요.

지　은 : 그럼, 딸기 한 박스 주세요.
　　　　그리고 사과도 다섯 개 주세요.

사장님 : 여기 있어요. 또 오세요.

**[ 新詞彙 ]**

딸기 草莓
에 衡量標準
얼마예요 多少錢

## 詞彙 2

### ◯ 고유어 숫자　固有語數字

| 하나 / 한 | 둘 / 두 | 셋 / 세 | 넷 / 네 | 다섯 |
|:---:|:---:|:---:|:---:|:---:|
| 一 | 二 | 三 | 四 | 五 |

| 여섯 | 일곱 | 여덟 | 아홉 | 열 |
|:---:|:---:|:---:|:---:|:---:|
| 六 | 七 | 八 | 九 | 十 |

### ◯ 단위　單位

| 박스 | 개 | 잔 |
|:---:|:---:|:---:|
| 盒 | 個 | 杯 |

| 권 | 그릇 | 병 |
|:---:|:---:|:---:|
| 本 | 碗 | 瓶 |

### ◯ 가격 / 값　價錢

| 백 원 | 오백 원 | 천 원 | 이천 원 |
|:---:|:---:|:---:|:---:|
| ₩100 | ₩500 | ₩1,000 | ₩2,000 |

| 오천 원 | 만 원 | 이만 원 | 오만 원 |
|:---:|:---:|:---:|:---:|
| ₩5,000 元 | ₩10,000 元 | ₩20,000 元 | ₩50,000 |

---

✊ **小祕訣**

需要留意韓幣價格的寫法，十圜至一千萬圜的前方不會加上「일」（一），如 ₩1,000寫成「천 원」、₩10,000寫成「만 원」，而₩21,000則寫成「이만 천 원」。

## 文法 2-1

### ◎ A₁ / V₁- 고 A₂ / V₂

此文法用於連接兩個或兩個以上的形容詞或動詞,中譯為「……且……」、「……又……」。使用時,前行句中的形容詞或動詞原形要去掉「다」,直接接上「고」,表示兩個或兩個以上事實的並列。

| | |
|---|---|
| • 시장은 작고 조용해요. | 市場小且安靜。 |
| • 요즘 딸기가 싸고 맛있어요. | 最近草莓便宜又好吃。 |
| • 여기 책이 많고 의자가 편해요. | 這裡書很多且椅子很舒適。 |
| • 공연은 정말 신나고 좋았습니다. | 公演真令人興奮又很棒。 |

• 가 : 지금 뭐 해요?　　　　　　　　現在在做什麼?
　나 : 친구랑 같이 숙제도 하고　　　和朋友一起寫作業和聊天。
　　　이야기도 해요.

• 동생은 영어를 가르치고　　　　　妹妹教英文且學習法文。
　프랑스어를 배워요.

• 언니는 박보검을 좋아하고 저는　　姐姐喜歡朴寶劍,
　남주혁을 좋아해요.　　　　　　　而我喜歡南柱赫。

---

### [ 新詞彙 ]

| | |
|---|---|
| **편하다** 舒適 | **이야기하다** 聊天 |
| **공연** 公演 | **언니** (女生稱呼) 姐姐 |
| **신나다** 令人興奮、開心的 | |

此文法無論情境為過去、現在或未來式，前行句中的形容詞或動詞同樣都是將原形去掉「다」後直接接上「고」，而後行句中的形容詞或動詞則會呈現實際的時態。

- 지난 주말에 영화도 보고 쇼핑도 했어요.     上個週末看電影也購物了。

- 올해 생일에 미역국도 먹고
  선물도 받았어요.     今年生日時吃了海帶湯也收到禮物了。

- 어제 그 식당 음식이 싸고 맛있었어요.     昨天那家餐廳的食物便宜又好吃。

[ 新詞彙 ]

**쇼핑하다** 購物
**올해** 今年
**미역국** 海帶湯
**선물** 禮物
**받다** 收下、接受

文法 2-2

## ◉ V-( 으 ) 세요

此句型用於請求或要求對方進行某動作時，中譯為「請……」。當動詞為子音結尾時，須與「-으세요」結合使用；當動詞為母音結尾時，則須與「-세요」結合使用。

• **어서 오세요. 여기 앉으세요.**　　　　歡迎光臨，請坐在這。

• **가 : 중국어 메뉴 주세요.**　　　　請給我中文菜單。
  **나 : 여기 있어요.**　　　　在這裡。

• **잠깐만 기다리세요.**　　　　請稍待片刻。

• **가 : 안녕히 가세요.**　　　　請慢走。
  **나 : 많이 파세요.**　　　　生意興隆。

• **책을 읽으세요.**　　　　請唸書。

• **댓글을 보세요.**　　　　請看網路評論。

---

### [ 新詞彙 ]

| | |
|---|---|
| **어서** 快點 | **잠깐만 (잠깐＋만)** 片刻、一會兒 |
| **앉다** 坐 | **기다리다** 等待 |
| **중국어 메뉴** 中文菜單 | **많이 파세요** 生意興隆 |
| **주다** 給 | **댓글** 網路留言、評論 |

當動詞結合「-(으)세요」時，可在動詞前方加上「좀」，讓語氣更加客氣委婉。

- **엄마, 용돈 좀 주세요.**　　　　　　　　　媽，請給我零用錢。

- **좀 기다리세요.**　　　　　　　　　　　　請稍等。

- **이거 좀 보세요.**　　　　　　　　　　　請看一下這個。

**[新詞彙]**

용돈 零用錢
좀 稍微、些許、一下
엄마 媽

## 小試身手 2

### 1. 請參照範例，並看圖進行描述。

[ **新詞彙** ]

포도 葡萄
만화책 漫畫書
레몬 檸檬

(1)

[보기] 물 한 병 _____

(2)

_____

(3)

_____

(4)

_____

(5)

_____

(6)

_____

(7)

_____

(8)

_____

(9)

_____

[ **新詞彙** ]

**라면** 泡麵

## ◎ 2. 請參照範例，並看圖回答問題。

[ 新詞彙 ]

**아메리카노** 美式咖啡

**해물죽** 海鮮粥

**오색나물 비빔밥** 五色時蔬拌飯

**원두커피** 原豆咖啡

**레몬에이드** 檸檬汽水

**즉석 팥빙수** 即食紅豆冰

**막국수** 蕎麥涼麵

**장미 아이스크림** 玫瑰冰淇淋

**모닝빵** 餐包

**아메리카노 ······· 2,000원**

[보기]

가 : 아메리카노 얼마예요?

나 : 이천 원이에요.

(1)

가 : _____ ?

나 : _____ .

(2)

가 : _____ ?

나 : _____ .

(3)

**원두커피 ········· 1,500원**

가 : _____ ?

나 : _____ .

(4)

**레몬에이드 ······· 2,500원**

가 : _____ ?

나 : _____ .

(5)

즉석팥빙수 · · · · · · · 4,000원

가 : _____?

나 : _____.

(6)

| 막 국 수 | 1인분 | 7,000 | |
|---------|------|-------|--|

가 : _____?

나 : _____.

(7)

가 : _____?

나 : _____.

(8)

가 : _____?

나 : _____.

## 3. 請參照範例，並利用提示字詞完成句子。

[보기] 동화책 내용이 <u>간단하고 재미없어요</u>. (간단하다 / 재미없다)

(1) 요즘 과일이 _____.

　　 (달다 / 싸다)

(2) 여기 _____.

　　 (가게가 많다 / 길이 복잡하다)

(3) 냉장고가 _____.

　　 (좋다 / 안 비싸다)

(4) 올해 파인애플이_____.

　　 (싸다 / 맛있다)

(5) _____.

　　 (저는 비빔밥을 먹다 / 동생은 라면을 먹다)

(6) 오늘 _____. (운동했다 / 청소했다)

(7) 어제 _____.

　　 (친구를 만났다 / 옷을 샀다)

(8) _____.

　　 (저는 시계를 샀다 / 친구는 휴대폰을 샀다)

| **[ 新詞彙 ]** |
| --- |
| **동화책** 童話書 |
| **내용** 內容 |
| **냉장고** 冰箱 |
| **파인애플** 鳳梨 |
| **청소하다** 打掃 |

## 4. 請於空格中填入「세요」或「으세요」

(1) 안녕히 _____. (가다)

(2) 김밥_____. (좀 주다)

(3) 여기_____. (앉다)

(4) 잠깐만_____. (기다리다)

(5) _____. (카드를 좀 읽다)

(6) _____. (천천히 오다)

(7) _____. (이거 좀 보다)

(8) _____. (새해 복 많이 받다)

[ 新詞彙 ]

**카드** 卡片

**새해** 新年

**복** 福

---

### 小祕訣

韓國人在新年時，會說「새해 복 많이 받으세요!」來祝彼此新年快樂，而這句話字面上的意思是「新年請多多地得到福氣」。

## 1. 聽力與會話 ▶ MP3-57

請根據聽到的內容選擇正確答案

( ) (1) 여자 회사 생활이 어때요?

①일이 많아요.

②회사 사람들이 많아요.

③일이 재미있어요.

④회사 동료들이 재미있어요.

[ 新詞彙 ]

**어때요** 如何

**~들** 們（接在名詞後方，表示複數）

**동료** 同事

( ) (2) 맞는 것을 고르세요.

①여자는 회사 생활이 좋아요.

②남자는 일이 좋아요.

③여자는 집에 갔어요.

④남자는 저녁을 먹었어요.

## 2. 情境會話練習 ▶ MP3-58

(1) 가 : 학교 생활이 어때요?

　　나 : _____.

(2) 가 : 오늘 아침에 뭐 먹었어요?

　　나 : _____.

(3) 가 : 어제 뭐 했어요?

　　나 : _____.

(4) 가 : 지난 주말에 뭐 했어요?

　　나 : _____.

(5) 저는 _____ (을/를) 좋아하고 친구는 _____ (을/를) 좋아해요.

(6) 가 : _____ 좀 주세요.

　　나 : 여기 있어요.

## ◯ 3. 閱讀與寫作

문자메시지

Username

가온 씨! 저는 집에 잘 왔어요.
오늘 생일 파티가 정말 좋고 재미있었어요.
카드하고 선물을 잘 받았어요.
정말 고마워요.
내일 회사에서 만나요.
오늘 수고했어요.
푹 쉬세요.

　　　　　　　　　　　　　－세령

# 韓翻中練習

## 手機簡訊

1　佳溫！

2

3

4

5

6

7

## 請利用本課學習的內容，練習寫一封簡訊

1

2

3

4

5

6

7

## 한국 동요를 배워 보세요!
## 學習韓國童謠

| 곰 세 마리 | 三隻熊 |
|---|---|
| 곰 세 마리가 한 집에 있어 | 三隻熊在一家 |
| 아빠곰 엄마곰 애기곰 | 爸爸熊 媽媽熊 小熊 |
| 아빠곰은 뚱뚱해 | 爸爸熊 胖嘟嘟 |
| 엄마곰은 날씬해 | 媽媽熊 很苗條 |
| 애기곰은 너무 귀여워 | 小熊 很可愛 |
| 으쓱으쓱 잘한다 | 聳聳肩 做得好 |

## ● 文法 1-1 N 이 / 가 A- 아요 / 어요

在形容詞描述句中，主詞的助詞為이 / 가。

| | | |
|---|---|---|
| 집 | | 좋아요. |
| 냉면 | | 맛있어요. |
| 가격 | 이 | 안 비싸요. |
| 용돈 | | 부족해요. |
| 영화 | | 재미있어요. |
| 친구 | | 많아요. |
| 사과 | 가 | 달아요. |
| 숙제 | | 간단해요. |

## ● 文法 1-2 V- 았 / 었

（1）動詞요形現在式與過去式整理表

| 原形 | 아요 / 어요 / 해요 | 았어요 / 었어요 / 했어요 |
|---|---|---|
| 운동하다 | 운동해요 | 운동했어요 |
| 공부하다 | 공부해요 | 공부했어요 |
| 일하다 | 일해요 | 일했어요 |
| 가다 | 가요 | 갔어요 |
| 오다 | 와요 | 왔어요 |
| 끝나다 | 끝나요 | 끝났어요 |
| 쉬다 | 쉬어요 | 쉬었어요 |
| 가르치다 | 가르쳐요 | 가르쳤어요 |
| 읽다 | 읽어요 | 읽었어요 |

(2) 「名詞이다」現在式與過去式整理表

| 이다 | 非正式場合 | 正式場合 |
|---|---|---|
| 現在式 | N예요? / N예요.<br><無尾音，疑問及肯定句><br><br>가 : 변호사예요?<br><br>나 : 네, 변호사예요.<br><br>N이에요? / N이에요.<br><有尾音，疑問及肯定句><br><br>가 : 학생이에요?<br><br>나 : 네, 학생이에요. | N입니까?<疑問句><br>N입니다.<肯定句><br><br>가 : 변호사입니까?<br><br>나 : 네, 변호사입니다.<br><br><br><br><br>가 : 학생입니까 ?<br><br>나 : 네, 학생입니다. |
| 過去式 | N였어요? / N였어요.<br><無尾音，疑問及肯定句><br><br>가 : 배우였어요?<br><br>나 : 네, 배우였어요<br><br>N이었어요? / N이었어요<br><有尾音，疑問及肯定句><br><br>가 : 선생님이었어요?<br><br>나 : 네, 선생님이었어요. | N였습니까?<無尾音，疑問句><br>N였습니다.<無尾音，肯定句><br><br>가 : 배우였습니까?<br><br>나 : 네, 배우였습니다.<br><br>N이었습니까?<有尾音，疑問句><br>N이었습니다.<無尾音，肯定句><br><br>가 : 선생님이었습니까?<br><br>나 : 네, 선생님이었습니다. |

## ⬤ 文法 2-1 A₁ / V₁- 고 A₂ / V₂

| 現在式 | 딸기가 싸고 맛있어요. |
|---|---|
| | 드라마가 재미있고 좋아요. |
| | 저는 한국어를 배우고 영어를 가르쳐요. |
| 過去式 | 어제 그 식당 음식이 싸고 맛있었어요. |
| | 저번 그 영화가 재미있고 좋았어요. |
| | 전에 오빠는 요리를 배우고 컴퓨터를 가르쳤어요. |

## ⬤ 文法 2-2 V-( 으 ) 세요

| 動詞類型 | 動詞原形 | 請求對方做某動作時 |
|---|---|---|
| 子音結尾的動詞 | 앉다 | 앉으세요. |
| | 읽다 | 읽으세요. |
| 母音結尾的動詞 | 오다 | 오세요. |
| | 가다 | 가세요. |
| | 주다 | 주세요. |
| | 기다리다 | 기다리세요. |

＊可在動詞前方加上「좀」使語氣更加客氣委婉。

**[ 新詞彙 ]**

저번 上回

## 情境與對話 1

湯瑪士：這裡什麼好吃呢？

智　恩：上次我吃了冷麵和拌飯。

　　　　湯瑪士吃冷麵。

　　　　這裡冷麵很好吃。

湯瑪士：可以，好啊。

　　　　好期待。

　　　　智恩要吃什麼？

智　恩：我吃泡菜鍋。

　　　　那我們點一碗冷麵和一份泡菜鍋。


## 情境與對話 2

智　恩：這個韓文叫什麼？

老　闆：딸기（草莓）。

智　恩：草莓一盒多少錢？

老　闆：一盒一萬兩千元。

智　恩：蘋果好吃嗎？

老　闆：是的，最近蘋果好吃又便宜。

　　　　五顆七千五百元。

智　恩：那麼請給我一盒草莓。

　　　　還有，也請給我五顆蘋果。

老　闆：在這裡。請再度光臨。

# 제 6 과
# 어제 수업 끝나고
# 미용실에 갔어요 .

第 6 課　昨天下課後去了美容院。

---

## 學習目標

**1. 생활 속 외모 정리와 학교 생활에 관련된 어휘와 표현**
　 生活中外貌整理及學校生活相關的詞彙及表現

**2. 의무 표현하기와 학교 생활 일기 써 보기**
　 表達義務和試著撰寫學校生活日記

## 미용실에서 커트를 해요.

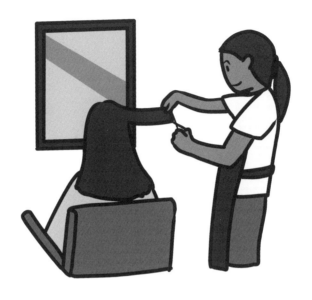

## 학교 생활 일기

## 情境與對話 1

**토마스** ： 지은 씨 언제 헤어스타일을 바꿨어요?

**지 은** ： 어제 수업 끝나고 미용실에 갔어요.
머리가 너무 길어요.
그래서 커트를 했어요.

**토마스** ： 예뻐요. 제 머리도 길어요.
저도 미용실에 가야 돼요.

**지 은** ： 언제 가요? 내일 수업 끝나고 가요?

**토마스** ： 네, 지은 씨 어느 미용실에 갔어요?
저도 거기서 헤어스타일을 바꿔요.

---

**[ 新詞彙 ]**

**미용실** 美容院
**머리** 頭、頭髮
**길다** 長的
**예뻐요** 漂亮
**거기서** 在那裡，為「거기에서」的縮寫

詞彙 1

◎ **외모 정리 外貌整理**

**헤어스타일을 바꾸다**
換髮型

**커트를 하다**
剪髮

**머리를 깎다**
（男生）理髮

**수염을 깎다**
刮鬍鬚

**눈썹을 깎다**
修眉毛

**손톱을 깎다**
剪指甲

**화장을 하다**
化妝

**화장을 지우다**
卸妝

**화장을 고치다**
補妝

**文法 1-1**

## ◎ V₁- 고 V₂

此句型用於表現動作的先後順序,中譯為「……之後……」,表示做完第一個動作後接著做第二個動作,且兩動作間無必要關聯。使用時,前行句的動詞原形要去掉「다」後,再直接加上「고」。

- **보통 이를 닦고 세수해요.**　　　　通常刷完牙後洗臉。

- **눈썹을 깎고 화장을 해요.**　　　　修完眉毛後化妝。

- **매일 아침에 샤워하고 회사에 가요.**　每天早上沖澡後再去公司。

- **메시지를 보고 얘기해요.**　　　　看過訊息後再聊。

- **회의를 하고 이메일을 보내요.**　　開會後寄電子郵件。

> **小祕訣**
>
> 此文法無論情境為過去、現在或未來式,都會將前行句中的動詞原形去掉「다」後直接加上「고」,而後行句中的動詞則會呈現實際的時態。

- **책을 읽고 숙제를 했어요.**　　　　唸書後寫了作業。

- **어제 화장을 안 지우고 잤어요.**　　昨天沒卸妝就睡了。

- **숙제를 다 하고 잤어요.**　　　　作業全寫完才睡了。

## 文法比一比

前一課學習過的文法「$A_1$ / $V_1$- 고 $A_2$ / $V_2$」，中譯為「……且……」、「……又……」，可用於連接兩個或兩個以上的形容詞或動詞之情境，並沒有時間先後之分。而本課學習的文法「$V_1$- 고 $V_2$」，中譯為「……之後……」，則主要用於連接兩個或兩個以上的動詞之情境，表示動作的時間前後。請參見下方整理表。

| $A_1$ / $V_1$- 고 $A_2$ / $V_2$ | $V_1$- 고 $V_2$ |
|---|---|
| • 可用於連接形容詞或動詞。 | • 僅用於連接動詞。 |
| 1. 영화가 재미있고 좋아요 .<br>　電影有趣又精彩。<br>2. 한국어를 배우고 영어를 가르쳐요 .<br>　學韓文還有教英文。 | 1. 영화를 보고 집에 가요 .<br>　看電影後回家。<br>2. 한국어를 배우고 영어를 가르쳐요 .<br>　學韓文後教英文。 |
| • 無論情境為何種時態，前行句中形容詞或動詞皆與「- 고」結合使用。<br>1. 그 식당 음식이 싸고 맛있었어요 .<br>　那家餐廳食物便宜又好吃。<br>2. 전에 오빠는 요리를 배우고<br>　컴퓨터를 가르쳤어요 .<br>　之前哥哥學習料理，以及教電腦。 | • 無論情境為何種時態，前行句中動詞皆與「- 고」結合使用<br>1. 음식을 먹고 집에 갔어요 .<br>　吃完食物後回家了。<br>2. 전에 오빠는 요리를 배우고<br>　컴퓨터를 가르쳤어요 .<br>　之前哥哥學習料理後教電腦。 |

## 文法 1-2

### ● V- 아야 / 어야 되다 / 하다

此句型用於表示採取某行動的必要和義務，中譯為「必須……」、「應該……」。其中，「-아야 / 어야 되다」表示對於某件事或在某種情況下的責任、義務或必要性，為口語中常使用的型態；而「-아야 / 어야하다」則表示在某種情況下的必要或義務的行為，或是一定要具備的狀態，常使用於正式場合或書面寫作中。變化規則可參考前面學過的요形變化，如下方整理表：

| 原形 | 規則 | - 아야 / 어야 되다 / 하다 |
|---|---|---|
| 운동하다 運動 | 하다結尾<br>→ - 해야 되다 /<br>하다 | 운동~~하다~~+ 해야 돼요<br>→ 운동해야 돼요 |
| 준비하다 準備 | | 준비~~하다~~+ 해야 합니다<br>→ 준비해야 합니다 |
| 가다 去 | 다前方為ㅏ或ㅗ<br>→ - 아야 되다 /<br>하다 | 가~~다~~+ 아야 돼요 → 가야 돼요 |
| 오다 來 | | 오~~다~~+ 아야 돼요 → 와야 돼요 |
| 받다 收到、接受 | | 받~~다~~+ 아야 합니다 → 받아야 합니다 |
| 배우다 學習 | 其它情況<br>→ - 어야 되다 /<br>하다 | 배우~~다~~+ 어야 돼요 → 배워야 돼요 |
| 마시다 喝 | | 마시~~다~~+ 어야 돼요 → 마셔야 돼요 |
| 읽다 唸 | | 읽~~다~~+ 어야 합니다 → 읽어야 합니다 |

- 시간이 없어요. 빨리 준비해야 돼요.      沒時間了。必須快點準備。

- 하루에 물을 얼마나 마셔야 돼요?      一天必須喝多少水？

- 가 : 학교에 언제 가요?      什麼時候去學校？
  나 : 지금 가야 돼요.      現在應該要去。

- 헤어스타일을 바꿔야 돼요.      應該要換髮型。

- 머리를 깎아야 돼요.      應該要理髮。

- 여러분, 건강은 제일 중요합니다.      各位，健康最重要。
  그래서 매일 운동해야 합니다.      因此必須每天運動。

- 사전을 찾아야 합니다.      必須要查字典。

- 매일 과일을 먹어야 합니다.      必須每天吃水果。

| [ 新詞彙 ] | | |
|---|---|---|
| 얼마나 多少 | 건강 健康 | 중요하다 重要的 |
| 여러분 各位 | 제일 第一、最 | 과일 水果 |

### 1. 請參照範例，並看圖利用提示字詞完成句子。

[보기] <u>세수하고 샤워해요.</u> (세수하다／샤워하다)

(1)

_____.
( 눈썹을 깎다／화장을 하다 )

(2)

_____.
( 머리를 깎다／수염을 깎다 )

(3)

_____.
( 헤어스타일을 바꾸다／화장을 고치다 )

(4)

_____.
( 커트를 하다／샤워하다 )

(5)   (6)

_____.      _____.

( 화장을 지우다／이를 닦다 )     ( 거울을 보다／나가다 )

## ○ 2. 請參照範例，進行文法變化練習。

| 原形 | V- 아야 / 어야 되다 |
| --- | --- |
| [ 보기 ] 화장을 하다 | 화장을 해야 돼요 |
| （1） 머리를 깎다 | |
| （2） 헤어스타일을 바꾸다 | |
| （3） 화장을 지우다 | |
| （4） 손톱을 깎다 | |
| （5） 화장을 고치다 | |
| （6） 알다 | |
| （7） 기다리다 | |
| （8） 오다 | |
| （9） 만들다 | |
| （10） 먹다 | |

| 原形 | V- 아야 / 어야 하다 |
|---|---|
| [ 보기 ] 사전을 찾다 | 사전을 찾아야 합니다 |
| (11) 마시다 | |
| (12) 배우다 | |
| (13) 가르치다 | |
| (14) 읽다 | |
| (15) 만나다 | |
| (16) 사다 | |
| (17) 시키다 | |
| (18) 자다 | |
| (19) 쉬다 | |
| (20) 공부하다 | |

## 3. 請參照範例，並利用提示字詞造句。

[보기] 요즘 기분이 안 좋아요.

→ <u>헤어스타일을 바꿔야 돼요.</u> (헤어스타일을 바꾸다)

(1) 머리 너무 길어요.

→ _____. (머리를 깎다)

(2) 안색이 안 좋아요.

→ _____. (화장을 하다)

(3) 땀냄새가 나요.

→ _____. (샤워하다)

(4) 내일 시험이 있어요.

→ _____. (시험 준비를 하다)

(5) 집에 빵하고 우유가 없어요.

→ _____. (슈퍼마켓에 가다)

---

### [ 新詞彙 ]

**기분** 心情
**안색** 臉色
**땀냄새가 나다** 發出汗臭味
**샤워하다** 沖澡
**슈퍼마켓** 超市

(6) 지금 빈자리가 없어요.

→ _____. (좀 기다리다)

(7) 너무 피곤해요.

→ _____. (좀 쉬다)

(8) 이 맛집은 사람이 아주 많아요.

→ _____. (미리 예약하다)

---

**[ 新詞彙 ]**

**빈자리** 空位
**피곤하다** 疲倦
**미리** 事先
**예약하다** 預約

## 情境與對話 2

## ● 학교 생활 일기

화장은 예의입니다.

그래서 매일 화장을 하고 밖에 나갑니다.

오늘도 화장을 하고 학교에 갔습니다.

내일 시험이 있습니다.

수업이 끝나고 도서관에서 시험 준비를 해야 합니다.

요즘 저는 한국어하고 일본어를 배우고 있습니다.

숙제도 많고 쪽지 시험도 많습니다.

시간이 너무 없습니다.

**[ 新詞彙 ]**

**예의** 禮儀、禮貌
**밖에 나가다** 出門
**쪽지 시험** 小考

## 詞彙 2

● **학교 생활** 學校生活

**학교 매점에 가다**
去學校販賣部

**도시락을 먹다**
吃便當

**보건실에 가다**
去保健室

**자료를 검색하다**
查詢資料

**리포트를 쓰다**
寫報告

**문제를 풀다**
解題

**기말 고사를 보다**
考期末考

**원격수업을 하다**
上遠距課程

**모바일 게임을 하다**
玩手遊

## 文法 2-1

### ◎ A/V- ㅂ니까? / 습니까? - A/V- ㅂ니다. / 습니다.

此文法為正式場合使用的終結語尾,如進行簡報、演說或播報新聞等。以母音結尾的形容詞或動詞,後方接「-ㅂ니까? / -ㅂ니다.」(疑問句/肯定句);而以子音結尾的形容詞或動詞,後方則接「-습니까? / -습니다.」(疑問句/肯定句)。

• **망고가 싸고 맛있**습니다**.**　　　　　芒果便宜又好吃。

• **일이 재미있고 동료도 좋**습니다**.**　　　工作有趣,同事也很好。

• **책이 많고 소파가 편**합니다**.**　　　　書很多且沙發很舒適。

• **가 : 지금 무엇을** 합니까**?**　　　　　現在在做什麼?
  **나 : 친구하고 같이 숙제도 하고**　　和朋友一起寫作業和聊天。
  **이야기도** 합니다**.**

• **여기는 월요일에** 쉽니다**.**　　　　　這裡星期一休息。

• **부탁이 하나 있**습니다**.**　　　　　　我有個請求。

---

**[ 新詞彙 ]**

**망고** 芒果
**소파** 沙發
**부탁** 請求

- 주말에 영화도 보고 쇼핑도 했습니다.　　　　週末既看電影也購物了。

- 생일에 미역국도 먹고　　　　　　　　　　生日既吃了海帶湯也收到禮
  선물도 받았습니다.　　　　　　　　　　　物了。

- 가 : 어제 어디에 갔습니까?　　　　　　　昨天去了哪裡？
  나 : 미용실에 갔습니다.　　　　　　　　　去了美容院。
  　　거기서 머리를 깎았습니다.　　　　　　在那裡理了頭髮。

- 가 : 아침에 무엇을 먹었습니까?　　　　　早上吃了什麼？
  나 : 햄버거하고 샐러드를 먹었습니다.　　吃了漢堡和沙拉。

- 가 : 어디에서 왔습니까?　　　　　　　　你從哪裡來？
  나 : 대만에서 왔습니다.　　　　　　　　　我來自台灣。

## ◉ V- 고 있다

此句型中譯為「正在……」，表示正在做某事，或在一段時間中從事某行動。

| | |
|---|---|
| • 태풍이 오고 있습니다. | 颱風要來了。 |
| • 지금 한국어를 배우고 있습니다. | 現在正在學韓文。 |

| | |
|---|---|
| • 가 : 화장실에서 뭐 하고 있어요? | 在廁所做什麼？ |
| 나 : 화장을 지우고 있어요. | 在卸妝。 |

| | |
|---|---|
| • 가 : 방에서 뭐 하고 있어요? | 在房間做什麼？ |
| 나 : 유튜브를 보고 있어요. | 正在看YouTube。 |

| | |
|---|---|
| • 가 : 댓글을 보세요. | 請看網路評論。 |
| 나 : 네, 지금 보고 있어요. | 好的，我正在看。 |

| | |
|---|---|
| • 가 : 왜 전화 안 받았어요? | 為什麼沒接電話呢？ |
| 나 : 방금 회의하고 있었어요. | 剛才正在開會。 |

---

**[ 新詞彙 ]**

**태풍** 颱風
**유튜브** YouTube
**왜** 為什麼
**전화** 電話
**방금** 剛才

## ● 1. 請參照範例，並於空格中填寫正確內容。

| A / V 原形 | - ㅂ니까？ / 습니까？ | - ㅂ니다 . / 습니다 . |
|---|---|---|
| [ 보기 ] 가다 | 갑니까 ? | 갑니다 |
| (1) 좋다 | | |
| (2) 싫다 | | |
| (3) 싸다 | | |
| (4) 비싸다 | | |
| (5) 재미있다 | | |
| (6) 재미없다 | | |
| (7) 맛있다 | | |
| (8) 맛없다 | | |
| (9) 먹다 | | |
| (10) 마시다 | | |
| (11) 배우다 | | |
| (12) 가르치다 | | |
| (13) 쉬다 | | |
| (14) 자다 | | |
| (15) 산책하다 | | |
| (16) 읽다 | | |
| (17) 보다 | | |
| (18) 사다 | | |
| (19) 만나다 | | |
| (20) 좋아하다 | | |

## 2. 請參照範例，並於空格中填寫正確內容。

| A/V 原形 | - 았습니다 / - 었습니다 / - 했습니다 |
|---|---|
| [ 보기 ] 가다 | 갔습니다 |
| (1) 좋다 | |
| (2) 싫다 | |
| (3) 싸다 | |
| (4) 비싸다 | |
| (5) 재미있다 | |
| (6) 재미없다 | |
| (7) 맛있다 | |
| (8) 맛없다 | |
| (9) 먹다 | |
| (10) 마시다 | |
| (11) 배우다 | |
| (12) 가르치다 | |
| (13) 쉬다 | |
| (14) 자다 | |
| (15) 산책하다 | |
| (16) 읽다 | |
| (17) 보다 | |
| (18) 사다 | |
| (19) 만나다 | |
| (20) 좋아하다 | |

## 3. 請參照範例,並於空格中填寫正確內容。

| V 原形 | - 고 있어요 |
|---|---|
| [ 보기 ] 세수하다 | 세수하고 있어요 |
| (1) 이를 닦다 | |
| (2) 머리를 깎다 | |
| (3) 자다 | |
| (4) 쉬다 | |
| (5) 원격수업을 하다 | |
| (6) 문제를 풀다 | |
| (7) 기말 리포트를 쓰다 | |
| (8) 자료를 검색하다 | |
| (9) 책을 읽다 | |
| (10) 도시락을 먹다 | |

## ● 1. 聽力與會話 ▶ MP3-67

請根據聽到的內容選擇正確答案

(     ) (1) 여자 지금 뭐 하고 있어요?

       ①세일 행사 정보를 찾고 있어요.

       ②화장품 사고 있어요.

       ③화장을 하고 있어요.

       ④화장품 정보를 검색하고 있어요.

(     ) (2) 맞는 것을 고르세요.

       ①여자는 수업 끝나고 화장품 매장에 가요.

       ②남자는 수업 끝나고 매장 정보를 알아봐야 돼요.

       ③여자는 세일 행사를 하고 있어요.

       ④남자는 화장품을 사야 돼요.

| [ 新詞彙 ] |
| --- |
| **화장품** 化妝品 |
| **다 떨어지다** 沒了（用完） |
| **여러** 幾、好幾 |
| **매장** 賣場、店家 |
| **세일 행사** 特賣活動 |
| **정보를 알아보다** 打聽、了解訊息 |

## ● 2. 情境會話練習 ▶ MP3-68

(1)    가 : 보통 이를 닦고 세수해요?

     나 : _____.

(2)    가 : 보통 생일 카드를 읽고 생일 선물을 봐요?

     나 : _____.

(3)　가 : 시험이 있어요. 뭐 해야 돼요?

　　　나 : _____.

(4)　가 : 리포트 준비를 어떻게 해야 돼요?

　　　나 : _____.

(5)　가 : 무엇을 좋아합니까?

　　　나 : _____.

(6)　가 : 생일이 언제입니까?

　　　나 : _____.

(7)　가 : 지금 뭐 하고 있어요?

　　　나 : _____.

(8)　가 : 요즘 뭐 배우고 있어요?

　　　나 : _____.

| [ **新詞彙** ] | |
| --- | --- |
| **이따（가）** | 待會兒 |
| **빨리** | 快 |

## ◯ 3. 閱讀與寫作

학교 생활 일기

> 오늘 수업이 끝나고 친구와 같이 학원에 갔습니다.
> 학원에서 숙제를 하고 수학 문제를 풀었습니다.
> 다음 주에는 기말 시험을 보고 리포트를 준비해야 합니다.
> 지금 시험 공부도 하고 리포트 자료도 검색하고 있습니다.
> 내일 아침에도 일찍 학교에 가야 합니다.
> 그래서 이따가 샤워하고 빨리 자야 합니다.

### 韓翻中練習

學校生活日記

1
2
3
4
5
6

請利用本課學習的內容，練習一篇日記

1
2
3
4
5
6

## ● 깍두기 만들어 보기 蘿蔔泡菜的製作

　　一向以「藥食同源」為核心理念的韓式料理中，時常會見到「白、綠、黑、紅、黃」五色食材對應陰陽五行「金、木、水、火、土」這樣的搭配，其概念為白金對應到肺、綠木對應到肝膽、黑水對應腎、紅火對應心，以及黃土對應到脾胃。

　　蘿蔔是冬季時令蔬菜，因此冬季時，可趁蘿蔔盛產且便宜時醃製蘿蔔泡菜來享用。製作蘿蔔泡菜時，主要使用的食材包括屬「白金」的白蘿蔔、屬「綠木」的蔥，而辣椒粉、薑、蒜及蘋果則屬「紅火」。

　　作法說明如下：首先，洗淨白蘿蔔後去皮，再將其切成適合放入口中的大小。加入鹽巴並放在容器中醃製約1小時，約莫經過40分鐘後，可先嚐一下蘿蔔味道看是否會太鹹，而1小時過後，便可撒上辣椒粉。雖一般建議作泡菜用粗辣椒粉，煮湯等用細辣椒粉，然而因細粉有助於上色，而粗粉比較夠味，所以在撒辣椒粉時，建議可以粗及細辣椒粉各半。接下來，陸續將磨好的薑泥、蒜泥、蘋果泥加入，戴上手套用手拌勻，再放上蔥段，即大功告成。通常在冰箱放一天以上後取出享用會更加入味。

## ● 준비 재료 準備材料

| 무 | 白蘿蔔 | 1000g |
|------|--------|--------------|
| 고춧가루 | 辣椒粉 | 15g |
| 소금 | 鹽 | 50g |
| 설탕 | 糖 | 15g |
| 생강 | 薑 | 조금 少量 |
| 마늘 | 蒜 | 30g |
| 사과 | 蘋果 | 1개 1顆 |
| 파 | 蔥 | 2대 2根 |

　　此外，韓文以「깍둑깍둑」來比擬用刀在砧板上將蘿蔔切塊的聲響，之後演變為「깍두기」這單字，便是蘿蔔泡菜被韓國人稱作「깍두기」的由來。

## 文法 1-1 V₁- 고 V₂

(1) 보통 이를 닦고 세수해요.

(2) 눈썹을 깎고 화장을 해요.

(3) 매일 아침에 샤워하고 회사에 가요.

(4) 메시지를 보고 얘기해요.

## 文法 1-2 V- 아야 / 어야 되다 / 하다

| 原形 | - 아야 / 어야 돼요 | - 아야 / 어야 합니다 |
|------|------------------|---------------------|
| 운동하다 | 운동해야 돼요 | 운동해야 합니다 |
| 공부하다 | 공부해야 돼요 | 공부해야 합니다 |
| 일하다 | 일해야 돼요 | 일해야 합니다 |
| 가다 | 가야 돼요 | 가야 합니다 |
| 오다 | 와야 돼요 | 와야 합니다 |
| 알다 | 알아야 돼요 | 알아야 합니다 |
| 쉬다 | 쉬어야 돼요 | 쉬어야 합니다 |
| 가르치다 | 가르쳐야 돼요 | 가르쳐야 합니다 |
| 읽다 | 읽어야 돼요 | 읽어야 합니다 |

## 文法 2-1 A / V- ㅂ니까 ? / 습니까 ?、
## A / V- ㅂ니다 . / 습니다 .

(1) 어디에 갑니까?

(2) 영화가 재미있습니까?

(3) 감사합니다.

(4) 만나서 반갑습니다.

(5) 잘 먹었습니다.

(6) 죄송합니다.

## ◉ 文法 2-2 V- 고 있다

(1)　가 : 지금 뭐 먹고 있어요?

　　　나 : 지금 떡볶이 먹고 있어요.

(2)　가 : 요즘 뭐 하고 있습니까?

　　　나 : 요즘 시험 공부를 하고 있습니다.

## 情境與對話 1

湯瑪士：智恩什麼時候換了髮型？

智　恩：昨天下課後去了美容院。

　　　　頭髮太長了。

　　　　所以剪了頭髮。

湯瑪士：很漂亮。我的頭髮也很長。

　　　　我也該去美容院了。

智　恩：什麼時候去呢？明天下課後去嗎？

湯瑪士：是的，智恩去了哪家美容院呢？

　　　　我也要在那裡換個髮型。

## 情境與對話 2

### 學校生活日記

化妝是禮貌。

所以我每天化好妝才出門。

今天也化好妝去了學校。

明天有考試。

下課後必須在圖書館準備考試。

最近我正在學韓文和日文。

作業很多，小考也很多。

真的沒有時間。

# 解答

# 제 1 과 안녕하세요.
## 第 1 課 你好。

**小試身手 1 解答**

1. 請參照範例，填寫適當的招呼語。
   (1) 별말씀을요.
   (2) 괜찮습니다.
   (3) 안녕히 계세요.
   (4) 만나서 반갑습니다.
   (5) 고마워요.

2. 請於空格中填入主詞助詞「는」或「은」。
   (1) 는
   (2) 은
   (3) 는
   (4) 는
   (5) 은
   (6) 은

3. 請於空格中填入「예요」或「이에요」。
   (1) 이에요
   (2) 예요
   (3) 이에요
   (4) 예요
   (5) 이에요
   (6) 이에요

4. 請參照範例，並利用提示字詞完成句子。
   (1) 쯔위는 여자 그룹 멤버예요.
   (2) 제 이름은 지은이에요.
   (3) 동생은 중학생이에요.
   (4) 저는 토마스예요.
   (5) 아사히는 일본 사람이에요.
   (6) 친구는 캐나다 사람이에요.

**小試身手 2 解答**

1. 請參照範例，並看圖完成句子。
   (1) 운동선수입니다.
   (2) 가수입니다.
   (3) 택배기사입니다.

(4) 의사입니다.

(5) 군인입니다.

(6) 변호사입니다.

2. 請參照範例，並看圖完成句子。

(1) 가 : -

나 : 일본 사람이 아닙니다. 한국 사람입니다.

(2) 가 : 호주 사람입니까?

나 : 호주 사람이 아닙니다. 독일 사람입니다.

(3) 가 : -

나 : 주부가 아닙니다. 배우입니다.

(4) 가 : 알바생입니까?

나 : 알바생이 아닙니다. 회사원입니다.

(5) 가 : 요리사입니까?

나 : 요리사가 아닙니다. 승무원입니다.

## 綜合練習解答

1. 聽力與會話

| 聽力腳本 | 聽力腳本中譯 |
|---|---|
| 안녕하세요. | 你好。 |
| 저는 아사히[朝陽]예요. | 我是朝陽。 |
| 저는 일본 사람이에요. | 我是日本人。 |
| 저는 가수예요. | 我是歌手。 |

(1) ②、 (2) ③

2. 情境會話練習

(略)

3. 閱讀與寫作

韓翻中練習

你好。

我是金道允。

是韓國人。

是學生。

很高興認識你。

請參照上方內容，擬出一份自我介紹稿。

(略)

## 제 2 과 지금 뭐 해요?
## 第 2 課 現在在做什麼呢?

小試身手 1 解答

1. 請將以下動詞原形改為「요形」。
   (1) 먹어요
   (2) 산책해요
   (3) 찾아요
   (4) 만나요
   (5) 배워요
   (6) 일해요
   (7) 가르쳐요
   (8) 사요
   (9) 읽어요
   (10) 마셔요
   (11) 운동해요
   (12) 봐요
   (13) 만들어요
   (14) 알아요
   (15) 서요
   (16) 공부해요
   (17) 좋아해요
   (18) 힘내요
   (19) 내요
   (20) 쉬어요

2. 請於空格內填入受詞助詞「를」或「을」。
   (1) 을
   (2) 를
   (3) 를
   (4) 를
   (5) 를
   (6) 을
   (7) 를
   (8) 를
   (9) 을
   (10) 을

3. 請參照範例，並利用提示字詞練習造句。

    (1) 아침밥을 먹어요.

    (2) 숙제를 내요.

    (3) 물을 마셔요.

    (4) 시험을 봐요.

    (5) 아르바이트를 해요.

    (6) 사전을 찾아요.

    (7) 옷을 사요.

    (8) 친구를 만나요.

    (9) 한국어를 배워요.

    (10) 시험 준비를 해요.

## 小試身手 2 解答

1. 請參照範例完成句子。

    (1) 편의점에서 물을 마셔요.

    (2) 학교에서 공부해요.

    (3) 운동장에서 운동해요.

    (4) 극장에서 영화를 봐요.

    (5) 시장에서 옷을 사요.

    (6) 식당에서 점심을 먹어요.

    (7) 백화점에서 친구를 만나요.

    (8) 도서관에서 숙제를 해요.

    (9) 교실에서 수업을 해요.

    (10) 회사에서 일해요.

2. 請參照範例，將下列句子改為否定句。

    (1) 드라마를 안 봐요.

    (2) 운동을 안 해요.

    (3) 친구를 안 만나요.

    (4) 옷을 안 사요.

    (5) 책을 안 읽어요.

    (6) 사이다를 안 마셔요.

    (7) 사전을 안 찾아요.

    (8) 공부를 안 해요.

    (9) 태권도를 안 배워요.

    (10) 숙제를 안 내요.

3. 請參照範例，並利用提示字詞造句。

   (1) 저는 교실에서 공부를 안 해요.
      도서관에서 공부를 해요.
   (2) 저는 극장에서 영화를 안 봐요.
      집에서 영화를 봐요.
   (3) 저는 백화점에서 옷을 안 사요.
      시장에서 옷을 사요.
   (4) 저는 교실에서 숙제를 안 해요.
      학원에서 숙제를 해요.
   (5) 저는 식당에서 친구를 안 만나요.
      극장에서 친구를 만나요.
   (6) 저는 편의점에서 아르바이트를 안 해요.
      학교에서 아르바이트를 해요.

## 綜合練習解答

1. 聽力與會話

| 聽力腳本 | 聽力腳本中譯 |
|---|---|
| 남자：지금 뭐 해요? | 男生：現在在做什麼呢？ |
| 여자：옷을 사요. | 女生：在買衣服。 |
| 남자：백화점에서 옷을 사요? | 男生：在百貨公司買衣服嗎？ |
| 여자：아니요. 백화점에서 옷을 안 사요.<br>　　　 시장에서 사요. | 女生：不。我不在百貨公司買衣服。在<br>　　　 市場買。 |

   (1) ④、 (2) ②

2. 情境會話練習
   (略)

3. 閱讀與寫作

   韓翻中練習

   我不在公司工作。
   在補習班打工。
   我教英文。
   學韓文。
   我不在圖書館讀書。
   在咖啡廳讀書。

   請參照上方內容，描述自己的生活。
   (略)

## 제 3 과 이거는 무슨 케이크예요 ?
## 第 3 課 這是什麼蛋糕呢 ?

## 小試身手 1 解答

1.請參照範例，並看月曆回答問題。

（1） 육 일이에요.

（2） 수요일이에요.

（3） 토요일에 아르바이트를 해요.

（4） 일요일에 영화를 봐요.

（5） 일 일이에요.

（6） 목요일이에요.

2.請參照範例，並看圖填入正確的字詞

（1） 연필이에요.

（2） 가방이에요.

（3） 사전이에요.

（4） 가 : 그거는 뭐예요?

　　 나 : 카메라예요.

（5） 가 : 저거는

　　 나 : 볼펜이에요.

（6） 가 : 저거는

　　 나 : 책이에요.

## 小試身手 2 解答

1. 請參照範例，寫出自己一週的課表。

（略）

2. 請參照範例，並利用提示字詞完成句子。

（1） 동아리 행사가 있어요.

（2） 공책이 있어요.

（3） 지우개가 있어요.

（4） 휴지가 있어요.

（5） 교통카드가 있어요.

（6） 연필이 있어요.

3. 請參照範例，並利用提示字詞完成句子。

（1） 가 : 한국 지도가 있어요.

　　 나 : 한국 지도가 있어요.

（2） 가 : 시계가 있어요.

　　 나 : 시계가 있어요.

(3) 가 : 우산이 있어요?

　　　나 : 우산이 없어요.

(4) 가 : 모자가 있어요?

　　　나 : 모자가 없어요.

4.請參照範例，並看月曆完成句子。

(1) 일요일에 생일 파티가 있어요.

(2) 월요일에 동아리 행사가 있어요.

(3) 화요일에 과외 수업이 있어요.

(4) 목요일에 수학 수업이 있어요.

(5) 금요일에 영어 시험이 있어요.

(6) 토요일에 약속이 있어요.

## 綜合練習解答

1. 聽力與會話

| 聽力腳本 | 聽力腳本中譯 |
|---|---|
| 남자 : 그거는 강의 노트예요? | 男生：那個是上課筆記嗎？ |
| 여자 : 네, 수학 수업 강의노트예요. | 女生：是的，是數學課筆記。 |
| 남자 : 화요일에 수학 시험이 있어요? | 男生：週二有數學考試嗎？ |
| 여자 : 네, 화요일에는 시험이 있어요. | 女生：對，週二有數學考試。 |

(1) ②、 (2) ③

2. 情境會話練習

(略)

3. 閱讀與寫作

韓翻中練習

明秀好久不見。

過得好嗎？

這個星期六有空嗎？

星期六有社團活動。

這是我的Line ID

Line ID: parrot0316 請跟我聯絡。英美

請利用本課學習的內容，練習寫一封信函。

(略)

## 小試身手 1 解答

1. **請參照範例,並看圖完成句子。**
   (1) 서점이에요.
   (2) 은행이에요.
   (3) 우체국이에요.
   (4) 약국이에요.
   (5) 가 : 어디예요?
      나 : 병원이에요.
   (6) 가 : 저기가 어디예요?
      나 : 공항이에요.

2. **請參照範例,並看圖完成句子。**
   (1) 백화점 앞에 있어요.
   (2) 이 층에 있어요.
   (3) 약국 뒤에 있어요.
   (4) 공원 옆에 있어요.
   (5) 도서관에 없어요. 학원에 있어요.
   (6) 집에 없어요. 학교에 있어요.

## 小試身手 2 解答

1. **請參照範例,並看圖在空格中填入適當的答案。**
   (1) 가게에 가요.
   (2) 병원에 가요.
   (3) 약국에 가요.
   (4) 우체국에 가요.
   (5) 가 : 어디에 가요?
      나 : 은행
      나 : 돈을 찾아요.
   (6) 가 : 어디에 가요?
      나 : 서점
      나 : 책을 사요.
   (7) 가 : 어디에 가요?
      나 : 시장에 가요.
      가 : 뭐 해요?
      나 : 옷을 사요.

(8) 가：어디에 가요?

　　　나：극장에 가요.

　　　가：거기에서 뭐 해요?

　　　나：영화를 봐요.

2. **請參照範例，並看圖在空格中填入適當答案。**

(1) 토스트랑 우유가 있어요.

(2) 아이스커피랑 주먹밥이 있어요.

(3) 저것은 빵과 핫초코가 있어요.

(4) 이것은 요구르트와 떡이에요.

(5) 주스하고 햄버거예요.

(6) 아이스티하고 샌드위치예요.

(7) 호빵과 샐러드를 좋아해요.

(8) 토마토랑 바나나를 좋아해요.

## 綜合練習解答

1. **聽力與會話**

| 聽力腳本 | 聽力腳本中譯 |
|---|---|
| 남자：지금 어디에 있어요? | 男生：現在在哪裡呢？ |
| 여자：집에 있어요. | 女生：在家裡。 |
| 남자：이따 서점에 가요? | 男生：待會要去書店嗎？ |
| 여자：네, 이따 서점에 가요. | 女生：是，待會要去書店。 |
| 남자：서점에서 뭐 사요? | 男生：要在書店買什麼？ |
| 여자：저는 요리책이랑 그림책을 사요. 오늘 서점에는 특가 행사가 있어요. | 女生：我要買料理書和畫冊。今天書店有特價活動。 |

(1) ②、 (2) ④

2. **情境會話練習**

　　(略)

3. **閱讀與寫作**

　　韓翻中練習

　　這裡是我們學校。

　　我們學校在市場附近。

　　我每天早晨會去市場。

　　在那裡吃早餐。

　　我最喜歡糯米年糕和包子。

　　請利用本課學習的內容，練習寫一篇介紹文。

　　　(略)

## 제 5 과 여기 뭐가 맛있어요？
## 第 5 課 這裡什麼好吃呢？

**小試身手 1 解答**

1. 請參照範例，並看圖利用提示字詞完成句子。
   (1) 모자가 진짜 비싸요.
   (2) 영화가 정말 재미있어요.
   (3) 냉면이 맛있어요.
   (4) 옷이 싸요.
   (5) 딸기가 너무 달아요.
   (6) 책이 아주 많아요.
   (7) 길이 복잡해요.

2. 請參照範例，將下列字詞改為現在式及過去式。

| 原形 | 現在式 | 過去式 |
| --- | --- | --- |
| (1) 자다 | 자요 | 잤어요 |
| (2) 쉬다 | 쉬어요 | 쉬었어요 |
| (3) 먹다 | 먹어요 | 먹었어요 |
| (4) 마시다 | 마셔요 | 마셨어요 |
| (5) 배우다 | 배워요 | 배웠어요 |
| (6) 가르치다 | 가르쳐요 | 가르쳤어요 |
| (7) 가다 | 가요 | 갔어요 |
| (8) 오다 | 와요 | 왔어요 |
| (9) 만들다 | 만들어요 | 만들었어요 |
| (10) 내다 | 내요 | 냈어요 |
| (11) 끝나다 | 끝나요 | 끝났어요 |
| (12) 공부하다 | 공부해요 | 공부했어요 |
| (13) 보다 | 봐요 | 봤어요 |
| (14) 읽다 | 읽어요 | 읽었어요 |
| (15) 만나다 | 만나요 | 만났어요 |
| (16) 지내다 | 지내요 | 지냈어요 |

| (17) 사다 | 사요 | 샀어요 |
|---|---|---|
| (18) 시키다 | 시켜요 | 시켰어요 |
| (19) 가수이다 | 가수예요 | 가수였어요 |
| (20) 승무원이다 | 승무원이에요 | 승무원이었어요 |

3. **請參照範例，將句子改為過去式。**
   (1) 백화점에서 모자를 샀어요.
   (2) 공원에서 친구하고 같이 김밥을 먹었어요.
   (3) 서울에 살았어요.
   (4) 친구 집에서 생일 파티를 했어요.
   (5) 셀카 사진을 찍었어요.
   (6) 녹차를 마셨어요.
   (7) 지은 씨를 만났어요.
   (8) 테니스를 배웠어요.
   (9) 선생님이었어요.
   (10) 운동선수였어요.

## 小試身手 2 解答

1. **請參照範例，並看圖進行描述。**
   (1) 포도 두 박스
   (2) 우유 세 병
   (3) 비빔밥 네 그릇
   (4) 만화책 다섯 권
   (5) 레몬 여섯 개
   (6) 콜라 일곱 병
   (7) 녹차 여덟 잔
   (8) 라면 아홉 그릇
   (9) 딸기 열 개

2. **請參照範例，並看圖回答問題。**
   (1) 가 : 해물죽 얼마예요?
       나 : 구천 원이에요.
   (2) 가 : 오색나물 비빔밥 얼마예요?
       나 : 육천 오백 원이에요.
   (3) 가 : 원두커피 얼마예요?
       나 : 천 오백 원이에요.

(4) 가 : 레몬에이드 얼마예요?

　　나 : 이천 오백 원이에요.

(5) 가 : 즉석 팥빙수 얼마예요?

　　나 : 사천 원이에요.

(6) 가 : 막국수 얼마예요?

　　나 : 칠천 원이에요.

(7) 가 : 장미 아이스크림 얼마예요?

　　나 : 삼천 팔백 원이에요.

(8) 가 : 모닝빵 얼마예요?

　　나 : 이천 오백 원이에요.

3. **請參照範例，並利用提示字詞完成句子。**

(1) 달고 싸요.

(2) 가게가 많고 길이 복잡해요.

(3) 좋고 안 비싸요.

(4) 싸고 맛있어요.

(5) 저는 비빔밥을 먹고 동생은 라면을 먹어요.

(6) 운동하고 청소했어요.

(7) 친구를 만나고 옷을 샀어요.

(8) 저는 시계를 사고 친구는 휴대폰을 샀어요.

4. **請於空格中填入「세요」或「으세요」**

(1) 가세요.

(2) 좀 주세요.

(3) 앉으세요.

(4) 기다리세요.

(5) 카드를 좀 읽으세요.

(6) 천천히 오세요.

(7) 이거 좀 보세요.

(8) 새해 복 많이 받으세요.

## 綜合練習解答

### 1. 聽力與會話

| 聽力腳本 | 聽力腳本中譯 |
|---|---|
| 남자 : 회사 생활이 어때요? | 男生：公司的生活如何？ |
| 여자 : 일이 재미있고 회사 사람들도 좋아요. | 女生：工作有趣，而且公司的人們也很好。 |
| 남자 : 와 참 좋아요. 점심을 먹었어요? | 男生：哇！真是太好了。吃過中餐了嗎？ |
| 여자 : 네, 회사 식당에서 동료하고 같이 먹었어요. | 女生：是，在公司餐廳和同事們一起吃了。 |

　（1）③、 （2）①

### 2. 情境會話練習

　（略）

### 3. 閱讀與寫作

　韓翻中練習

　　佳溫！我順利回到家了。

　　今天的生日派對很棒又很有趣。

　　我收到卡片和禮物了。

　　真的謝謝你。

　　明天公司見。

　　今天辛苦了。

　　請好好休息！

　　世伶

　請利用本課學習的內容，練習寫一封簡訊。

　　（略）

## 제 6 과 어제 수업 끝나고 미용실에 갔어요 .
## 第 6 課 昨天下課後去了美容院。

**小試身手 1 解答**

1. 請參照範例，並看圖利用提示字詞完成句子。
   (1) 눈썹을 깎고 화장을 해요.
   (2) 머리를 깎고 수염을 깎아요.
   (3) 헤어스타일을 바꾸고 화장을 고쳐요.
   (4) 커트를 하고 샤워해요.
   (5) 화장을 지우고 이를 닦아요.
   (6) 거울을 보고 나가요.

2. 請參照範例，進行文法變化練習。

| 原形 | V- 아야 / 어야 되다 |
|---|---|
| (1) 머리를 깎다 | 머리를 깎아야 돼요 |
| (2) 헤어스타일을 바꾸다 | 헤어스타일을 바꿔야 돼요 |
| (3) 화장을 지우다 | 화장을 지워야 돼요 |
| (4) 손톱을 깎다 | 손톱을 깎아야 돼요 |
| (5) 화장을 고치다 | 화장을 고쳐야 돼요 |
| (6) 알다 | 알아야 돼요 |
| (7) 기다리다 | 기다려야 돼요 |
| (8) 오다 | 와야 돼요 |
| (9) 만들다 | 만들어야 돼요 |
| (10) 먹다 | 먹어야 돼요 |
| 原形 | V- 아야 / 어야 하다 |
| (11) 마시다 | 마셔야 합니다 |
| (12) 배우다 | 배워야 합니다 |
| (13) 가르치다 | 가르쳐야 합니다 |
| (14) 읽다 | 읽어야 합니다 |
| (15) 만나다 | 만나야 합니다 |

| (16) 사다 | 사야 합니다 |
|---|---|
| (17) 시키다 | 시켜야 합니다 |
| (18) 자다 | 자야 합니다 |
| (19) 쉬다 | 쉬어야 합니다 |
| (20) 공부하다 | 공부해야 합니다 |

3. 請參照範例，並利用提示字詞造句。

(1) 머리를 깎아야 돼요.

(2) 화장을 해야 돼요.

(3) 샤워해야 돼요.

(4) 시험 준비를 해야 돼요.

(5) 슈퍼마켓에 가야 돼요.

(6) 좀 기다려야 돼요.

(7) 좀 쉬어야 돼요.

(8) 미리 예약해야 돼요.

## 小試身手 2 解答

1. 請參照範例，並於空格中填寫正確內容。

| A/V 原形 | - ㅂ니까 ? / 습니까 ? | - ㅂ니다 / 습니다 |
|---|---|---|
| (1) 좋다 | 좋습니까? | 좋습니다 |
| (2) 싫다 | 싫습니까? | 싫습니다 |
| (3) 싸다 | 쌉니까? | 쌉니다 |
| (4) 비싸다 | 비쌉니까? | 비쌉니다 |
| (5) 재미있다 | 재미있습니까? | 재미있습니다 |
| (6) 재미없다 | 재미없습니까? | 재미없습니다 |
| (7) 맛있다 | 맛있습니까? | 맛있습니다 |
| (8) 맛없다 | 맛없습니까? | 맛없습니다 |
| (9) 먹다 | 먹습니까? | 먹습니다 |
| (10) 마시다 | 마십니까? | 마십니다 |
| (11) 배우다 | 배웁니까? | 배웁니다 |
| (12) 가르치다 | 가르칩니까? | 가르칩니다 |

| (13) 쉬다 | 쉽니까? | 쉽니다 |
|---|---|---|
| (14) 자다 | 잡니까? | 잡니다 |
| (15) 산책하다 | 산책합니까? | 산책합니다 |
| (16) 읽다 | 읽습니까? | 읽습니다 |
| (17) 보다 | 봅니까? | 봅니다 |
| (18) 사다 | 삽니까? | 삽니다 |
| (19) 만나다 | 만납니까? | 만납니다 |
| (20) 좋아하다 | 좋아합니까? | 좋아합니다 |

2. 請參照範例，並於空格中填寫正確內容。

| A/V 原形 | - 았습니다 / 었습니다 / 했습니다 |
|---|---|
| (1) 좋다 | 좋았습니다 |
| (2) 싫다 | 싫었습니다 |
| (3) 싸다 | 쌌습니다 |
| (4) 비싸다 | 비쌌습니다 |
| (5) 재미있다 | 재미있었습니다 |
| (6) 재미없다 | 재미없었습니다 |
| (7) 맛있다 | 맛있었습니다 |
| (8) 맛없다 | 맛없었습니다 |
| (9) 먹다 | 먹었습니다 |
| (10) 마시다 | 마셨습니다 |
| (11) 배우다 | 배웠습니다 |
| (12) 가르치다 | 가르쳤습니다 |
| (13) 쉬다 | 쉬었습니다 |
| (14) 자다 | 잤습니다 |
| (15) 산책하다 | 산책했습니다 |
| (16) 읽다 | 읽었습니다 |
| (17) 보다 | 봤습니다 |

| | |
|---|---|
| (18) 사다 | 샀습니다 |
| (19) 만나다 | 만났습니다 |
| (20) 좋아하다 | 좋아했습니다 |

3. 請參照範例，並於空格中填寫正確內容。

| V 原形 | - 고 있어요 |
|---|---|
| (1) 이를 닦다 | 이를 닦고 있어요 |
| (2) 머리를 깎다 | 머리를 깎고 있어요 |
| (3) 자다 | 자고 있어요 |
| (4) 쉬다 | 쉬고 있어요 |
| (5) 원격수업을 하다 | 원격수업을 하고 있어요 |
| (6) 문제를 풀다 | 문제를 풀고 있어요 |
| (7) 기말 리포트를 쓰다 | 기말 리포트를 쓰고 있어요 |
| (8) 자료를 검색하다 | 자료를 검색하고 있어요 |
| (9) 책을 읽다 | 책을 읽고 있어요 |
| (10) 도시락을 먹다 | 도시락을 먹고 있어요 |

## 綜合練習解答

1. 聽力與會話

| 聽力腳本 | 聽力腳本中譯 |
|---|---|
| 남자：오늘 화장을 안 했어요? | 男生：今天沒有化妝？ |
| 여자：화장품이 다 떨어졌어요. 그래서 오늘 수업 끝나고 화장품을 사야 돼요. | 女生：化妝品用完了，所以今天下課後必須買化妝品。 |
| 남자：지금 뭘 검색하고 있어요? | 男生：現在在查詢什麼呢？ |
| 여자：요즘 여러 매장에서 세일 행사를 하고 있어요. 그래서 매장 정보를 알아보고 있어요. | 女生：最近有幾家店正在辦特價活動。所以我正在了解店家訊息。 |

(1) ①、 (2) ①

2. 情境會話練習

(略)

3. 閱讀與寫作

韓翻中練習

學校生活日記

今天下課後和朋友一起去了補習班。

在補習班寫作業後,解了數學題目。

下週考完期末考後還必須準備期末報告。

現在正在讀考試內容,也在查詢報告的資料。

明天早上也必須早點去學校。

所以待會洗完澡就必須趕快睡覺了。

請利用本課學習的內容,練習寫一篇日記。

　(略)

# 單字總整理

# 單字總整理

| ㄱ | |
|---|---|
| 가게 | 商店 |
| 가격/값 | 價格 |
| 가르치다 | 教 |
| 가방 | 包包 |
| 가수 | 歌手 |
| 가장 | 最 |
| 가족사진 | 全家福照 |
| 각종 수업 | 各種課程 |
| 간단하다 | 簡單的 |
| 같이 | 一起 |
| 개 | 狗 |
| 개 | 個 |
| 거기서 | 在那裡 |
| 거울을 보다 | 看鏡子 |
| 건강 | 健康 |
| 계획 | 計畫 |
| 고기 | 肉 |
| 고등학교 | 高中 |
| 공부하다 | 讀書、學習 |
| 공연 | 公演 |
| 공책 | 筆記本 |
| 공항 | 機場 |
| 과일 | 水果 |
| 과외 수업 | 課外輔導 |
| 교실 | 教室 |
| 교통카드 | 交通卡 |
| 구 | （漢字語數字）九 |
| 구월 | 九月 |
| 구 일 | 九日 |
| 국수 | 麵 |
| 국적 | 國籍 |
| 군인 | 軍人 |
| 권 | 本 |
| 그대 | 你 |

| | |
|---|---|
| 그동안 | 那段期間 |
| 그때 | 那時 |
| 그래서 | 所以 |
| 그래요 | 好 |
| 그럼 | 那麼 |
| 그릇 | 碗 |
| 그리고 | 還有 |
| 그림책 | 畫冊 |
| 극장 | 劇場、電影院 |
| 근처 | 附近 |
| 금요일 | 星期五 |
| 기다리다 | 等待 |
| 기대되다 | 期待 |
| 기말 고사를 보다 | 考期末考 |
| 기말 시험 | 期末考試 |
| 기말 시험을 보다 | 考期末考 |
| 기분 | 心情 |
| 기자 | 記者 |
| 길 | 道路 |
| 길다 | 長的 |
| 김밥 | 紫菜飯捲 |
| 김치찌개 | 泡菜鍋 |
| 깨 | 芝麻 |
| 끝나다 | 結束 |

| ㄴ | |
|---|---|
| 나라 | 國家 |
| 나무 | 樹 |
| 남자그룹 | 男子團體 |
| 내다 | 繳交 |
| 내용 | 內容 |
| 내일 | 明天 |
| 냉면 | 冷麵 |
| 냉장고 | 冰箱 |
| 너무 | 太、非常 |
| 네 | 是的 |
| 네 | （固有語數字）四 |

| | |
|---|---|
| 넷 | （固有語數字）四 |
| 노트북 | 筆電 |
| 녹차 | 綠茶 |
| 눈썹을 깎다 | 修眉毛 |

| ㄷ | |
|---|---|
| 다 떨어지다 | 沒了（用完） |
| 다섯 | （固有語數字）五 |
| 다음에 | 下回 |
| 다음주 | 下週 |
| 단위 | 單位 |
| 달다 | 甜的 |
| 달력 | 月曆 |
| 대만 | 台灣 |
| 대전 | 大田 |
| 댓글 | 網路留言、評論 |
| 도 | 也 |
| 도서관 | 圖書館 |
| 도시락을 먹다 | 吃便當 |
| 독일 | 德國 |
| 돈을 찾다 | 領錢、提款 |
| 동대문 시장 | 東大門市場 |
| 동료 | 同事 |
| 동생 | 弟弟或妹妹 |
| 동아리 행사 | 社團活動 |
| 동화책 | 童話書 |
| 두 | （固有語數字）二 |
| 두부 | 豆腐 |
| 둘 | （固有語數字）二 |
| 뒤 | 後面 |
| 드라마 | 韓劇 |
| 드라마 제목 | 韓劇劇名 |
| ~들 | 們（接在名詞後方，表示複數） |
| 딸기 | 草莓 |
| 땀냄새가 나다 | 發出汗臭味 |
| 떡볶이 | 辣炒年糕 |

| | |
|---|---|
| 띠 | 生肖 |

| ㄹ | |
|---|---|
| 라디오 | 收音機 |
| 라면 | 泡麵 |
| 라인 아이디 | Line ID |
| 레드벨벳 | 韓國女子團體 |
| 레몬 | 檸檬 |
| 레몬에이드 | 檸檬汽水 |
| 리포트를 쓰다 | 寫報告 |

| ㅁ | |
|---|---|
| 막국수 | 蕎麥涼麵 |
| 만들다 | 做 |
| 만 원 | 一萬圜 |
| 만화책 | 漫畫書 |
| 많다 | 多的 |
| 많이 | 多多地 |
| 많이 파세요 | 生意興隆 |
| 말레이시아 | 馬來西亞 |
| 맛있다 | 好吃的 |
| 맛없다 | 不好吃的 |
| 맛집 | 美食店 |
| 망고 | 芒果 |
| 매일 | 每天 |
| 매장 | 賣場、店家 |
| 머리 | 頭、頭髮 |
| 머리를 깎다 | （男生）理髮 |
| 메시지 | 訊息 |
| 멤버 | 成員 |
| 며칠 | 幾號 |
| 모닝빵 | 餐包 |
| 모두 | 全部、都 |
| 모바일 게임을 하다 | 玩手遊 |
| 모자 | 帽子 |
| 목요일 | 星期四 |

| | |
|---|---|
| 무슨 | 什麼 |
| 무슨 요일 | 星期幾 |
| 무슨 일 | 什麼事 |
| 무엇 | 什麼 |
| 문제를 풀다 | 解題 |
| 물리 수업 | 物理課 |
| 물을 마시다 | 喝水 |
| 뭐 | 什麼（「무엇」的略語） |
| 미국 | 美國 |
| 미리 | 事先 |
| 미술 수업 | 美術課 |
| 미역국 | 海帶湯 |
| 미용실 | 美容院 |
| 밑 | 下面；底 |

| ㅂ | |
|---|---|
| 바나나 | 香蕉 |
| 박스 | 盒 |
| 밖에 나가다 | 出門 |
| 받다 | 收下、接受 |
| 밥 | 飯 |
| 방금 | 剛才 |
| 배우 | 演員 |
| 배우다 | 學習 |
| 백 원 | 一百圜 |
| 백화점 | 百貨公司 |
| 베트남 | 越南 |
| 변호사 | 律師 |
| 별 | 星星、星球 |
| 병 | 瓶 |
| 병원 | 醫院 |
| 보건실에 가다 | 去保健室 |
| 볼펜 | 原子筆 |
| 복 | 福 |
| 복잡하다 | 複雜的、擁擠的 |
| 부족하다 | 不夠的 |

| | |
|---|---|
| 부탁 | 請求 |
| 브라질 | 巴西 |
| 비 | 雨 |
| 비싸다 | 貴的 |
| 빈자리 | 空位 |
| 빨리 | 快點 |
| 빵 | 麵包 |

| ㅅ | |
|---|---|
| 사 | （漢字語數字）四 |
| 사과 | 蘋果 |
| 사람 | 人 |
| 사랑하는 | 親愛的 |
| 사월 | 四月 |
| 사이다 | 汽水 |
| 사 일 | 四日 |
| 사장 | 社長、老闆 |
| 사전을 찾다 | 查字典 |
| 사진 속 | 照片中 |
| 산책하다 | 散步 |
| 살다 | 住；生活 |
| 삼 | （漢字語數字）三 |
| 삼십 일 | 三十日 |
| 삼월 | 三月 |
| 삼 일 | 三日 |
| 새해 | 新年 |
| 샌드위치 | 三明治 |
| 샐러드 | 沙拉 |
| 생일 | 生日 |
| 생일 파티를 하다 | 舉辦生日派對 |
| 생일 축하 노래 | 生日快樂歌 |
| 샤워하다 | 沖澡 |
| 서다 | 站立 |
| 서울 | 首爾 |
| 서점 | 書店 |
| 선물 | 禮物 |
| 선생님 | 老師 |

| | |
|---|---|
| 세 | （固有語數字）三 |
| 세수하다 | 洗臉 |
| 세일 행사 | 特賣活動 |
| 셀카 사진을 찍다 | 拍自拍照 |
| 셋 | （固有語數字）三 |
| 소문난 삼계탕 | 傳說中的人蔘雞（店名） |
| 소파 | 沙發 |
| 손톱을 깎다 | 剪指甲 |
| 쇼핑하다 | 購物 |
| 수고하다 | 辛苦 |
| 수능 | 韓國大學入學考試（等同台灣學測、指考） |
| 수목드라마 | 水木劇 |
| 수업 | 課程 |
| 수업 강의 노트 | 上課筆記 |
| 수업에 가다 | 去上課 |
| 수업 시간표 | 課表 |
| 수요일 | 星期三 |
| 수학 | 數學 |
| 수학 수업 | 數學課 |
| 수정테이프 | 修正帶 |
| 수염을 깎다 | 刮鬍鬚 |
| 숙제를 내다 | 繳交作業 |
| 숙제를 하다 | 做作業 |
| 쉬다 | 休息 |
| 슈퍼마켓 | 超市 |
| 스웨터 | 毛衣 |
| 승무원 | 空服員 |
| 시간 | 時間 |
| 시계 | 鐘；錶 |
| 시다 | 酸的 |
| 시월 | 十月 |
| 시장 | 市場 |
| 시키다 | 點（餐點） |
| 시험 공부를 하다 | 讀書預備考試 |

| | |
|---|---|
| 시험을 보다 | 考試 |
| 시험 준비를 하다 | 準備考試 |
| 식당 | 餐廳 |
| 신나다 | 令人興奮、開心的 |
| 싫다 | 不喜歡的 |
| 십 | （漢字語數字）十 |
| 십구 일 | 十九日 |
| 십사 일 | 十四日 |
| 십삼 일 | 十三日 |
| 십오 일 | 十五日 |
| 십육 일 | 十六日 |
| 십이월 | 十二月 |
| 십이 일 | 十二日 |
| 십 일 | 十日 |
| 십일월 | 十一月 |
| 십일 일 | 十一日 |
| 십칠 일 | 十七日 |
| 십팔 일 | 十八日 |
| 싱가포르 | 新加坡 |
| 싸다 | 便宜的 |
| 쌤 | 老師（為선생님的略語） |
| 씨 | 籽、種子 |
| 씨 | 先生／小姐 |

| ㅇ | |
|---|---|
| 아 네 | 啊！是的 |
| 아니요 | 不 |
| 아래 | 下面 |
| 아래층 | 樓下 |
| 아르바이트를 하다 | 打工 |
| 아메리카노 | 美式咖啡 |
| 아미 | BTS粉絲 |
| 아이 | 小孩 |
| 아이스커피 | 冰咖啡 |
| 아이스티 | 冰紅茶 |
| 아주 | 非常 |

| | | | | |
|---|---|---|---|---|
| 아침밥을 먹다 | 吃早餐 | | 연락 주세요 | 請和我聯絡 |
| 아홉 | （固有語數字）九 | | 연예인 | 藝人 |
| 안 | 裡面 | | 연필 | 鉛筆 |
| 안경 | 眼鏡 | | 열 | （固有語數字）十 |
| 안색 | 臉色 | | 열심히 | 努力地 |
| 앉다 | 坐 | | 영국 | 英國 |
| 알다 | 了解、知道 | | 영어 | 英語 |
| 알바생 | 工讀生 | | 영어 수업 | 英語課 |
| 앞 | 前面 | | 영화관 | 電影院 |
| 야구 | 棒球 | | 영화를 보다 | 看電影 |
| 약국 | 藥局 | | 옆 | 旁邊 |
| 약속 | 約會 | | 예뻐요 | 漂亮 |
| 얘기 | 談話 | | 예약하다 | 預約 |
| 얘기하다 | 說話、聊天 | | 예의 | 禮儀、禮貌 |
| 어느 | 哪個 | | 오 | （漢字語數字）五 |
| 어디 | 哪裡 | | 오늘 | 今天 |
| 어때요 | 如何 | | 오랜만이에요 | 好久不見 |
| 어머니 | 母親 | | 오렌지 | 柳丁 |
| 어서 | 快點 | | 오만 원 | 五萬圜 |
| 어제 | 昨天 | | 오백 원 | 五百圜 |
| 언니 | （女生稱呼）姐姐 | | 오빠 | （女生稱）哥哥 |
| 언어교육센터 | 語言教育中心 | | 오색나물 비빔밥 | 五色時蔬拌飯 |
| 언제 | 什麼時候 | | 오월 | 五月 |
| 얼마나 | 多少 | | 오 일 | 五日 |
| 얼마예요 | 多少錢 | | 오천 원 | 五千圜 |
| 엄마 | 媽媽 | | 올해 | 今年 |
| 엄마의 손 | 媽媽的手 | | 옷 | 衣服 |
| 에 | 衡量標準 | | 옷을 사다 | 買衣服 |
| ~에서 온 | 來自……的 | | 왔어요 | 來（過去式） |
| 여기 | 這裡 | | 왜 | 為什麼 |
| 여덟 | （固有語數字）八 | | 외모정리 | 外貌整理 |
| 여러 | 幾、好幾 | | 요가 | 瑜伽 |
| 여러분 | 各位 | | 요구르트 | 優酪乳 |
| 여섯 | （固有語數字）六 | | 요리 | 料理 |
| 여우 | 狐狸 | | 요리사 | 廚師 |
| 여자그룹 | 女子團體 | | 요리책 | 料理書 |
| 역사 수업 | 歷史課 | | 요즘 | 最近 |

| | |
|---|---|
| 용돈 | 零用錢 |
| 우리 | 我們 |
| 우산 | 雨傘 |
| 우유 | 牛奶 |
| 우체국 | 郵局 |
| 운동선수 | 運動選手 |
| 운동장 | 運動場 |
| 운동하다 | 運動 |
| 운동화 | 運動鞋 |
| 원격수업을 하다 | 上遠距課程 |
| 원두커피 | 原豆咖啡 |
| 월요일 | 星期一 |
| 월화드라마 | 月火劇 |
| 위 | 上面 |
| 위층 | 樓上 |
| 위치 | 位置 |
| 유아 | 幼兒 |
| 유월 | 六月 |
| 유튜브 | YouTube |
| 육 | （漢字語數字）六 |
| 육 일 | 六日 |
| 으앙 | 哇（嬰兒哭聲） |
| 은행 | 銀行 |
| 음료수 | 飲料 |
| 음악 수업 | 音樂課 |
| 의사 | 醫生 |
| 이 | （漢字語數字）二 |
| 이따(가) | 待會兒 |
| 이를 닦다 | 刷牙 |
| 이름 | 姓名 |
| 이만 원 | 兩萬圜 |
| 이메일을 보내다 | 寄電子郵件 |
| 이번 주 | 這週 |
| 이번 주말 | 這個週末 |
| 이십구 일 | 二十九日 |
| 이십사 일 | 二十四日 |
| 이십삼 일 | 二十三日 |

| | |
|---|---|
| 이십오 일 | 二十五日 |
| 이십육 일 | 二十六日 |
| 이십이 일 | 二十二日 |
| 이십 일 | 二十日 |
| 이십일 일 | 二十一日 |
| 이십칠 일 | 二十七日 |
| 이십팔 일 | 二十八日 |
| 이야기하다 | 聊天 |
| 이월 | 二月 |
| 이 일 | 二日 |
| 이천 원 | 兩千圜 |
| 이탈리아 | 義大利 |
| 인도네시아 | 印尼 |
| 일 | （漢字語數字）一 |
| 일곱 | （固有語數字）七 |
| 일본 | 日本 |
| 일요일 | 星期日 |
| 일월 | 一月 |
| 일이 있다 | 有事情 |
| 일 인분 | 一人份 |
| 일 일 | 一日 |
| 일찍 | 早、提早 |
| 일하다 | 工作 |

| ㅈ | |
|---|---|
| 자 | 尺 |
| 자 | 來（聚集眾人時） |
| 자료를 검색하다 | 查詢資料 |
| 자습 | 自習 |
| 잔 | 杯 |
| 잘 받다 | 順利收到 |
| 잘 지내다 | 過得好 |
| 잠깐만 | 片刻、一會兒 |
| 잠시 후 | 一會兒之後 |
| 잡지 | 雜誌 |
| 장미 아이스크림 | 玫瑰冰淇淋 |
| 재미없다 | 無趣的 |

| | |
|---|---|
| 재미있다 | 有趣的 |
| 저 | 我（謙稱） |
| 저녁 | 傍晚 |
| 저번 | 上回 |
| 저희 | 我們（謙稱） |
| 적다 | 少的 |
| 전에 | 之前 |
| 전화 | 電話 |
| 정말 | 真正地 |
| 정보를 알아보다 | 打聽、了解訊息 |
| 제 | 我的 |
| 제일 | 第一、最 |
| 제1여객터미널 | 第1航廈 |
| 좀 | 稍微、些許、一下 |
| 좋다 | 好的 |
| 좋아하다 | 喜歡 |
| 주다 | 給 |
| 주먹밥 | 飯糰 |
| 주부 | 主婦 |
| 주스 | 果汁 |
| 중국 | 中國 |
| 중국어 메뉴 | 中文菜單 |
| 중요하다 | 重要的 |
| 중학생 | 國中生 |
| 중화요리 | 中華料理 |
| 즉석팥빙수 | 即食紅豆冰 |
| 지금 | 現在 |
| 지난번 | 上次 |
| 지도 | 地圖 |
| 지우개 | 橡皮擦 |
| 진짜 | 真正地 |
| 집 | 家 |
| 집에 잘 오다 | 順利回家 |
| 쪽지 시험 | 小考 |
| 찌개 | 湯、火鍋 |

| ㅊ | |
|---|---|
| 차 | 車；茶 |
| 찰떡 | 糯米年糕 |
| 참 | 真 |
| 책 | 書 |
| 책상 | 書桌 |
| 책을 읽다 | 唸書 |
| 천 원 | 一千圜 |
| 청소하다 | 打掃 |
| 체육 수업 | 體育課 |
| 축하하다 | 祝賀 |
| 출입국 서비스 센터 | 出入境服務中心 |
| ~층 | 層（樓） |
| 치킨 가게 | 炸雞店 |
| 친구 | 朋友 |
| 친구를 만나다 | 見朋友 |
| 친동생 | 親弟弟、親妹妹 |
| 칠 | （漢字語數字）七 |
| 칠월 | 七月 |
| 칠 일 | 七日 |

| ㅋ | |
|---|---|
| 카드 | 卡片 |
| 카메라 | 相機 |
| 캐나다 | 加拿大 |
| 커트를 하다 | 剪髮 |
| 커피 | 咖啡 |
| 컴퓨터 | 電腦 |
| 케이크 | 蛋糕 |
| 케이팝 | 韓國流行樂 |
| 계획 | 計畫 |
| 크리스마스 | 聖誕節 |
| 키위 | 奇異果 |

| ㅌ | |
|---|---|
| 태권도 | 跆拳道 |

| | |
|---|---|
| 태풍 | 颱風 |
| 택배기사 | 宅配人員 |
| 텀블러 | 保溫杯 |
| 테니스 | 網球 |
| 토마토 | 番茄 |
| 토스트 | 吐司 |
| 토요일 | 星期六 |
| 특가 행사 | 特價活動 |

| ㅍ | |
|---|---|
| 파 | 蔥 |
| 파이팅 | 加油 |
| 파인애플 | 鳳梨 |
| 팔 | （漢字語數字）八 |
| 팔월 | 八月 |
| 팔 일 | 八日 |
| 팬 | 歌迷、影迷、粉絲 |
| 펜 | 原子筆 |
| 편의점 | 便利商店 |
| 편하다 | 舒適的 |
| 포도 | 葡萄 |
| 푹 | （睡眠）熟 |
| 푹 쉬다 | 好好休息 |
| 프랑스 | 法國 |
| 피곤하다 | 疲倦 |
| 피아노 | 鋼琴 |

| ㅎ | |
|---|---|
| 하나 | （固有語數字）一 |
| 하나, 둘, 셋, 넷 | 一、二、三、四 |
| 하루 | 一天 |
| 학교 | 學校 |
| 학교 매점 | 學校販賣部 |
| 학교 매점에 가다 | 去學校販賣部 |
| 학교생활 | 學校生活 |
| 학생 | 學生 |

| | |
|---|---|
| 학생증 | 學生證 |
| 학원 | 補習班 |
| 한 | （固有語數字）一 |
| 한국 | 韓國 |
| 한국어 | 韓文 |
| 한국어로 | 用韓文 |
| 한국어 수업 | 韓文課 |
| 한국 요리 | 韓國料理 |
| 한글날 | 韓文日 |
| 한류스타 | 韓流明星 |
| 핫초코 | 熱巧克力 |
| 해물죽 | 海鮮粥 |
| 핸드폰 | 手機 |
| 햄버거 | 漢堡 |
| 행복 | 幸福 |
| 헤어스타일을 바꾸다 | 換髮型 |
| 호주 | 澳洲 |
| 호빵 | 包子 |
| 화요일 | 星期二 |
| 화장실 | 廁所 |
| 화장을 고치다 | 補妝 |
| 화장을 지우다 | 卸妝 |
| 화장을 하다 | 化妝 |
| 화장품 | 化妝品 |
| 화학 수업 | 化學課 |
| 회사 | 公司 |
| 회사원 | 上班族 |
| 회의 | 會議 |
| 휴가 | 休假 |
| 휴지 | 衛生紙 |
| 힘내다 | 加油 |

國家圖書館出版品預行編目資料

----------------------------------------------------

안녕하세요 你好1 / 黃慈嬿、李松熙合著
-- 初版 -- 臺北市：瑞蘭國際, 2022.09
240面；19×26公分 --（外語學習系列；112）
ISBN：978-986-5560-85-0（第1冊：平裝）
1. CST：韓語 2. CST：讀本

----------------------------------------------------

803.28                                    111013478

外語學習系列 112

# 안녕하세요 你好 1

作者｜黃慈嬿、李松熙
責任編輯｜潘治婷、王愿琦
校對｜黃慈嬿、李松熙、潘治婷、王愿琦

韓語錄音｜李松熙、安世益
錄音室｜采漾錄音製作有限公司
封面設計、版型設計｜劉麗雪
內文排版｜陳如琪
美術插畫｜KKDraw、Syuan Ho

瑞蘭國際出版

董事長｜張暖彗 · 社長兼總編輯｜王愿琦
編輯部
副總編輯｜葉仲芸 · 主編｜潘治婷
設計部主任｜陳如琪
業務部
經理｜楊米琪 · 主任｜林湲洵 · 組長｜張毓庭

出版社｜瑞蘭國際有限公司 · 地址｜台北市大安區安和路一段 104 號 7 樓之一
電話｜(02)2700-4625 · 傳真｜(02)2700-4622 · 訂購專線｜(02)2700-4625
劃撥帳號｜19914152 瑞蘭國際有限公司
瑞蘭國際網路書城｜www.genki-japan.com.tw

法律顧問｜海灣國際法律事務所　呂錦峯律師

總經銷｜聯合發行股份有限公司 · 電話｜(02)2917-8022、2917-8042
傳真｜(02)2915-6275、2915-7212 · 印刷｜科億印刷股份有限公司
出版日期｜2022 年 09 月初版 1 刷 · 定價｜420 元 · ISBN｜978-986-5560-85-0
　　　　2024 年 07 月初版 2 刷